Lena Johannson
Dünenmond

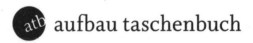
aufbau taschenbuch

LENA JOHANNSON, 1967 in Reinbek bei Hamburg geboren, war Buchhändlerin, bevor sie sich dem Schreiben zuwandte. Vor einiger Zeit erfüllte sie sich einen Traum und zog an die Ostsee. Im Verlag Rütten & Loening veröffentlichte sie auch den Roman »Rügensommer«.

Josefine, Anfang dreißig und gefeierte Marketing-Expertin, fährt nach Ahrenshoop, um zu entspannen, wie sie sich selbst sagt. In Wahrheit will sie herausfinden, wo ihr kürzlich verstorbener Vater seine Ferien verbracht hat. Auf dem Darß entdeckt sie nicht nur Bilder, die ihr Vater gemalt hat, sondern auch ein Foto, das ihn in einer innigen Umarmung mit einer Frau zeigt. Josefine beschließt, diesem Geheimnis auf den Grund zu gehen.

Lena Johannson

Dünenmond

Ein Sommer an der Ostsee

Roman

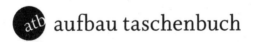 aufbau taschenbuch

Thank you Jim, for the nice Spiderweb-Story!

ISBN 978-3-7466-2693-2

Aufbau Taschenbuch ist eine Marke der Aufbau Verlag GmbH & Co. KG

1. Auflage 2011

© Aufbau Verlag GmbH & Co. KG, Berlin 2011

Die Erstausgabe erschien 2009 bei Rütten & Loening,

einer Marke der Aufbau Verlag GmbH & Co. KG

Umschlaggestaltung Originalcover Henkel/Lemme

unter Verwendung des Gemäldes »Strandpfad« von Karl Soderlund

grafische Adaption Dagmar & Torsten Lemme, Berlin

Druck und Binden CPI Moravia Books, Pohořelice

Printed in Czech Republic

www.aufbau-verlag.de

I

Josefine wollte eine Stufe hinabspringen. Im Traum. Ein heftiges Zucken lief durch ihren Körper. Sie wurde wach. Aus der Ferne hörte sie einen metallisch-dünnen Klang, ein Glöckchen. Allmählich orientierte sie sich, nahm den öligen Schweißfilm auf ihrer Haut wahr. Sie streckte träge den linken Arm über den Kopf, wühlte ihn in den warmen Sand. Das Ergebnis war eine Kruste aus Körnchen, die sie matt mit der Hand abstreifen wollte, was allerdings nur dazu führte, dass nun auch an der Handfläche Sand klebte. Die Sonne schien so grell vom Himmel, dass es selbst hinter den geschlossenen Lidern blendete. Der Ton der Glocke kam näher, wurde kräftiger. Es war eine Mischung aus Kuhglocke und Windspiel, wie Josefine fand.

Sie öffnete die Augen, blinzelte gegen die leuchtenden Ringe an, die die Sonne ihr durch die schützenden Lider direkt auf die Netzhaut gebrannt zu haben schien, und richtete sich auf. Sie fühlte sich benommen. Kein Wunder! Wer bei über dreißig Grad einschlief, musste sich nicht wundern, wenn er einen Sonnenstich bekam. Die letzten Monate in der Werbeagentur hatten deutliche Spuren hinterlassen. Zwar hatte Jo, wie ihre Kollegen sie nannten, erreicht, was sie wollte. Nun war sie aber auch restlos erschöpft, so erschöpft, dass sie in der größten Mittagshitze für mehrere Stunden eingeschlafen war.

Jo sog tief die salzige Luft ein, die von der Ostsee auf den Strand wehte, ohne wirklich zu kühlen. Endlich Urlaub! Sie hatte sich unbändig darauf gefreut und war fest entschlossen, jeden einzelnen Tag der zwei Wochen voll auszukosten. Eine Hand über die Augen gelegt beobachtete sie einen Mann, der einen kleinen Wagen nur wenige Schritte oberhalb der Wasserlinie über den Sand schob. Mit der anderen Hand tastete sie nach ihrer Sonnenbrille und setzte sie sich auf die Nase. Jetzt erkannte sie, wie dieser Mann, der offenbar ausgesprochen knackig gebaut und etwa in ihrem Alter war, zu einer Glocke griff und läutete.

»Kühles cremiges Eis!«, rief er. »Wer hat Lust auf Eis?«

Jo musste schmunzeln. Wenn das nicht der Brad Pitt von Ahrenshoop war, ein gut aussehender Kerl in Shorts und ärmelfreiem Shirt. Arme und Beine sahen nach regelmäßigem Training aus, waren nicht übertrieben muskulös, dafür aber verlockend gebräunt. Sie erhob sich von ihrem Handtuch und fischte etwas Kleingeld aus ihrer knallbunten Strandtasche. Ein Eis war jetzt genau das Richtige und eine gute Gelegenheit, einen echten Ostsee-Herzensbrecher aus der Nähe zu betrachten.

Vielleicht ist er gar nicht von hier, dachte sie, als sie mit schnellen Schritten über den noch heißen Sand hüpfte. Vielleicht war er von Sylt oder Timmendorfer Strand hierher gekommen, weil es dort zu viele Männer gab, die noch besser aussahen als er.

Vor dem kleinen Eiswagen, der dringend eine Renovierung hätte gebrauchen können, hatte sich eine kurze Schlange gebildet. Jo nutzte die Wartezeit, um ihre Füße in der Ostsee zu kühlen. Sie lauschte verzückt auf das leise rhythmische Rauschen, das von kleinen Wellen verursacht wurde, die in sich zusammenfielen und über den Sand ausliefen. Und da war noch das Klick-Klack eines knallrosa Balls, der von einer Mutter und ihrem Sohn mit Plastikschlägern möglichst lange in der Luft gehalten wurde. Jo hörte vor Vergnügen quietschende Kinder, lachende Erwachsene, das Platschen, wenn sich jemand kopfüber in die Fluten stürzte, und das Kreischen eines jungen Mädchens, das gerade noch ungestört auf ihrem Strandtuch gelegen hatte und über dessen Rücken ein junger Mann, ihr Freund wahrscheinlich, seine langen nassen Haare ausschüttelte. Kurzum: Sie konnte den Urlaub förmlich hören.

»Na, auch Lust auf ein Eis?«

Josefine hatte gar nicht gemerkt, dass sie bereits an der Reihe war. Sie sah in die freundlich grauen Augen des Eisverkäufers, der sie erwartungsvoll ansah.

»Allerdings«, antwortete sie fröhlich. »Welche Sorten sind denn im Angebot?«

»Kaffee und Vanille.«

»Das ist alles?« Jo schüttelte den Kopf. Mit so einer geringen Auswahl würde der gute Mann keine großartigen Geschäfte machen.

»Das ist alles«, gab er gut gelaunt zurück. »Es gibt jeden Tag zwei Sorten. Hausgemacht. Wenn Sie mein Eis einmal probiert haben, rühren Sie kein anderes mehr an.«

»Soso«, gab sie spöttisch zurück. »Dann gehe ich das Risiko mal ein und nehme zwei Kugeln.«

»Gerne!«

Während der Eismann ihr eine Waffeltüte füllte, die intensiv nach Mandeln duftete, nutzte Jo die Chance, ihn eingehend zu betrachten. Sie musste sich eingestehen, dass ihr erster Eindruck nicht stimmte. Die Shorts waren ausgefranst, das Shirt ausgeblichen, und die Naht auf seiner linken Schulter löste sich. Das blonde Haar war dick wie Wolle und störrisch. Die Sonne hatte es in ungleichmäßigen Flecken aufgehellt. Er benutzte kein Gel, und auch sonst deutete nichts daraufhin, dass er sich viel aus seinem Äußeren machte. Wie es aussah, war er keineswegs der Schönling, für den sie ihn zunächst gehalten hatte. Er hatte einfach Glück mit seinen Genen, zumindest was das Aussehen betraf.

Er reichte ihr die Tüte und sah ihr in die Augen. Jo fühlte sich ertappt. Hoffentlich hatte er nicht bemerkt, dass sie ihn so interessiert beobachtet hatte.

»Guten Appetit!«, sagte er und steckte das Geld in eine kleine mit Muscheln verzierte Blechbüchse. Er ließ sie nicht aus den Augen, während sie an der ersten Eiskugel leckte. »Und?«

»Hm«, machte sie, »das ist gut.« Sie schleckte noch einmal. »Das ist richtig gut!«

»Sag ich doch.«

»Warum eröffnen Sie keine hübsche kleine Eisdiele? Die Leute würden Ihnen die Bude einrennen.«

»Eisdielen gibt es doch schon an jeder Ecke. Da habe ich eine viel bessere Idee.«

»Die wäre?«

»Ein Franchise-Unternehmen.«

»Bitte?« Jo traute ihren Ohren nicht. Vor ihr stand ein erwachsener Mann mit einem jämmerlichen alten Karren, den man nur mühsam durch den weichen Sand rollen konnte, und er sprach von einem Franchise-Unternehmen.

»Eis am Strand«, verkündete er unbekümmert. »Verstehen Sie? Nicht Eis am Stiel, sondern eben ...«

»Eis am Strand«, beendete sie in einem Ton, der verriet, wie wenig begeistert sie war. »Nicht gerade originell.«

»Wieso? Ist doch nicht schlecht.«

»Ja, aber nicht schlecht reicht nicht, wenn man Erfolg haben will. Sie müssen einzigartig sein. Der USP ist wichtig.«

»Der was?«

»USP, unique selling proposition, das Alleinstellungsmerkmal.«

Er lachte auf. »Du lieber Himmel!«

Jo ließ sich nicht beirren. Sie war in ihrem Element. »Im Ernst, das ist wichtig!« Sie leckte eilig das sahnige Eis, bevor es schmelzen und an der Waffel hinunterlaufen konnte. Zwischendurch überlegte sie laut, die Füße noch immer von den seichten Wellen der Ostsee umspült: »Sie brauchen Werbung. Woher sollen die Urlauber wissen, dass Ihr Produkt hausgemacht und besser ist als die Konkurrenzprodukte?« Sie legte den Kopf schief. »Sie brauchen ein großes Plakat. Nein, Sie müssen den Darß mit Plakaten pflastern. Und ein Corporate Design brauchen sie auch. Dringend!« Sie sah missbilligend auf den alten Holzkarren, der, wie es aussah, per Hand gestrichen und beschriftet worden war.

»Keine Ahnung, was Sie für schräge Ideen haben. Ich habe jedenfalls schon ziemlich genaue Vorstellungen. Und vor allem lasse ich es langsam angehen. Ganz entspannt.«

Jo holte Luft, um ihm zu widersprechen, dann fiel ihr etwas ein. »Wie spät ist es?«

»Gleich halb fünf.« Er sah sie ein wenig verständnislos an.

»Ich dachte, Sie sind im Urlaub hier. Oder haben Sie noch Termine?«

»Mist, schon so spät. Doch, klar bin ich im Urlaub. Und wie! Darum habe ich ja einen Termin um fünf Uhr für eine Lomi-Lomi-Massage. Besser kann man sich nicht entspannen. Aber ich muss vorher unbedingt noch duschen. Da muss ich mich jetzt beeilen.« Sie knabberte an der Waffel, keine Massenware, sondern ebenfalls frisch und hausgemacht. »Ihre Idee hat Potential«, rief sie, während sie sich schon auf den Weg zu ihrem Handtuch machte. »Aber Sie müssen es richtig anpacken. Sind Sie jeden Tag hier?«

»So ziemlich.«

»Okay, dann sprechen wir später weiter. Ich muss wirklich los.« Sie sah seinen verblüfften Gesichtsausdruck. »Keine Sorge, ich weiß, wie man so etwas anfängt. Das ist mein Job.« Sie stopfte sich den Rest der Waffel in den Mund und drehte sich um.

»Danke«, hörte sie ihn noch sagen. Den Rest verstand sie nicht, denn mit jedem Schritt knirschte der Sand unter ihren Füßen, die Waffel zwischen ihren Zähnen, und eine Möwe ließ einen schrillen Ruf erklingen.

Josefine lief den Strandübergang acht hinauf, der sie geradewegs zu ihrem Hotel führte, einem lachsfarbenen Haus mit Rohrdach, das nur durch die Dorfstraße und eine Düne von dem breiten Strand getrennt war. Sie konnte von ihrem Zimmer aus durch ein halbrundes Fenster direkt auf eben diesen Strand schauen, auf den endlos scheinenden Sand, die rechtwinklig zum Uferlauf in die Ostsee gesetzten Buhnen, auf denen sich, wenn die Touristen ihre Unterkünfte aufsuchten und Ruhe einkehrte, wieder die Möwen tummelten und nach Beute Ausschau hielten, und auf das blau-graue Meer, das in der Sonne glitzerte. Während sie eilig duschte und sich dann in Bikini und Bademantel hüllte, dachte sie voller Stolz über das nach, was sie in ihrem Leben erreicht hatte. Sie war noch nicht einmal dreißig, hatte einen Silbernen Nagel des Art Directors Club verliehen bekommen, was in der Branche gewissermaßen als Ritterschlag galt, und würde nach dem Urlaub als Brand Managerin mit beachtlichem Budget und mindestens ebenso großer Verantwortung anfangen. Sie wohnte in einer ruhigen kleinen Straße mitten in Hamburg in einer großzügigen Altbauwohnung, die sie in einigen Jahren kaufen wollte. Was noch hätte sie sich wünschen können?

Zwei Stunden später schlenderte sie die Dorfstraße entlang. Ihre Haut war noch ölig von der hawaiianischen Massage, ihre Schultern und ihr Nacken fühlten sich so leicht an wie seit Jahren nicht mehr. Immer wieder ließ sie ein wenig den Kopf kreisen und stellte überrascht fest, dass nichts mehr knirschte, blockierte oder schmerzte.

»Der Rücken ist der Sitz der Vergangenheit«, hatte die Masseurin gesagt. So ein Unsinn! Er war der Sitz der Schreibtischarbeit, der vielen Stunden vor dem Computer oder an den Tischen der Grafiker, über Entwürfe gebeugt. Josefine scherte sich aber nicht um solches Gerede, solange die Behandlung, für die sie nicht wenig Geld hatte auf den Tisch legen müssen, nur effektiv war. Nun war sie auf der Suche nach einem schicken Restaurant, in dem sie zu Abend essen würde. Statt jedoch Speisekarten zu studieren, fand sie sich immer öfter vor den Schaufenstern der Galerien und kleinen Läden wieder, in denen Ahrenshooper Künstler ihre Bilder anboten. Sie betrachtete die kleinen und großen Werke in Öl oder Acryl. Sie zeigten Rohrdachhäuser, Kraniche über dem Bodden und im Schilf, bedrohlich über die Buhnen brandende Wellen, die Steilküste leuchtend orange angestrahlt und natürlich immer wieder Sonnenuntergänge. Traditionelle Zeesenboote vor Sonnenuntergang, Sonnenuntergang über der Ostsee, Reetdachhaus vor Sonnenuntergang.

Jo konnte ein verächtliches Schnauben nicht unterdrücken. Herrgott, wie kitschig! Da waren ja die Bilder ihres Vaters noch besser. Nun hatte er sich also doch in ihre Gedanken geschlichen. Das hatte ja so kommen müssen. Jedes Jahr war er vier und manchmal sogar sechs Wochen hierhergekommen, um zu malen. Immer allein, immer ohne Josefine und ihre Mutter. Jos Vater war Grafikdesigner gewesen. Die Landschaftsmalerei war sein Hobby, sein Ausgleich. Er liebte seine Familie, sein Leben in Hamburg. Das hatte er jedenfalls immer behauptet. Aber einmal im Jahr brauche doch jeder eine Zeit ganz für sich allein. Mit Frau und Kind hätte er sich nicht auf seine Bilder konzentrieren können, war sein ständig wiederkehrendes Argument gewesen, wenn es alljährlich darum gegangen war, doch endlich einen Familienurlaub zu verbringen. Josefines Mutter hatte darum gekämpft, jedes Jahr aufs Neue. O nein, sie hatte niemals aufgegeben. Doch genutzt hatte es nichts. Im Frühling oder Spätsommer packte er seine Sachen, seine Pinsel und Farben, seine verkrustete Palette und die bekleckste Staffelei und machte sich auf den Weg nach Ahrenshoop. Noch heute schnürte es Jo die Kehle zu, wenn sie sich an die Wut, an die grenzenlose Enttäuschung erinnerte, die sie als Kind und später als Teenager empfunden hatte. Als Studentin wollte sie allein oder mit Freunden verreisen. Trotzdem kam die Auseinandersetzung jedes Jahr wieder, wie nach der Ebbe die Flut kommt. Jo kämpfte nun für ihre Mutter, die sich weiß Gott gut allein beschäftigen konnte. Er hätte alle Zeit der Welt gehabt, um ungestört zu malen, hätte danach ein paar kostbare Stunden mit seiner Frau verbringen können. Was war das für eine Ehe, wenn man diese besondere Zeit im Jahr, diese ganz besondere Zuneigung zu der Halbinsel nicht miteinander teilte? Josefines Vater war stur geblieben, ihre Mutter kämpferisch, irgendwann aber auch immer trauriger. Und dann war der Krebs gekommen, und der Vater hatte nicht mehr reisen können.

Jo schüttelte den Gedanken an ihn ab, betrat das nächstbeste Restaurant und beschloss, die kommende Nacht zum Tag zu machen. Wäre doch gelacht, wenn es hier nicht irgendwo eine Musikbar gäbe, in der man Spaß haben konnte.

Die Sonne stand bereits hoch am Himmel, und es war sehr heiß, als Jo am nächsten Tag an den Strand kam. Sie hatte leichte Muskelschmerzen unterhalb der Schulterblätter und einen zauberhaften kleinen Kater. Nicht so stark, dass er ihr den Tag verderben konnte, aber gerade stark genug, um sie an einen wirklich gelungenen Abend zu erinnern. Es war bestimmt nicht ihr letzter Besuch in der Cocktailbar am Strandübergang sieben. Zuerst war ihr die Einrichtung ein wenig verstaubt vorgekommen. Doch dann hatte sie sich von dem Charme und der Atmosphäre gefangen nehmen lassen. Hier blieb niemand lange allein, sondern kam mit anderen Gästen ins Gespräch. Eine junge Frau, die etwa in Josefines Alter sein musste, hatte von den Jazz-Konzerten geschwärmt, die es regelmäßig in der Bar gab. Legendär seien die spontanen Auftritte von Musikern, die ihren Urlaub hier verbrachten oder nach einem Konzert in der Nähe auf einen Schlummertrunk vorbeischauten. Jo hoffte, dass sie auch bald einen solchen Abend erleben würde.

Sie warf ihre Tasche in den Sand, bohrte den Sonnenschirm, den sie am Morgen erstanden hatte, in den Boden und spannte ihn auf, breitete ihr Strandtuch aus und lief geradewegs ins Wasser, das glatt wie ein Spiegel da lag. Die Ostsee war ungewöhnlich warm. Die Sonne, die nun schon seit drei Wochen schien, ohne dass es einmal geregnet hätte oder Wind aufgezogen wäre, hatte sie auf diese hohe Temperatur gebracht. Schon unterhielten sich die Einheimischen darüber, dass dieses Wetter zwar gut für das Geschäft, aber gewiss nicht für die Fische war, deren Luft allmählich knapp würde. Ein kräftiger Sturm müsse her, der die See aufwirbeln und sie mit neuem Sauerstoff versorgen würde. Ein Temperatursturz wäre gut. Josefine fand das Wetter genau richtig. Das Unwetter sollte sich bitteschön bis nach ihrem Urlaub gedulden. Sie watete mit langen Schritten hinaus, freute sich über den schlammig-weichen Untergrund unter ihren Füßen und schwamm dann der Sonne entgegen.

Als sie schließlich kehrtmachte, stellte sie fest, dass die Strömung, von der sie nichts bemerkt hatte, sie ein gutes Stück ostwärts getrieben hatte. Mit kräftigen Zügen kraulte sie zurück ans Ufer und ließ sich endlich auf ihr Handtuch fallen. Ihr Brustkorb hob und senkte sich, sie keuchte. Zurück in Hamburg musste sie unbedingt wieder häufiger um die Alster joggen, wenn sie nicht völlig aus der Form geraten wollte.

Während die Sonne blitzschnell das Wasser auf ihrer Haut trocknete, lag Jo auf dem Bauch, ihr Kinn bohrte sich in die übereinander gelegten Hände. Sie blinzelte in die Richtung, aus der am Tag zuvor der Eismann mit seiner altertümlichen Karre gekommen war. Ein Eis würde ihr jetzt gefallen. Ebenso ein prickelnder Urlaubsflirt mit dem Eismann. Doch er war nicht zu sehen. Josefine blätterte in einem Magazin, ohne wirklich einen Artikel zu lesen. Ihre Gedanken wanderten zu der seltsamen Franchise-Idee. Sie könnte funktionieren, dachte sie, wenn man das Ganze als Marke etablierte. Eis am Strand ... Sie lächelte. Okay, so schlecht war das gar nicht. Aber sie konnte es besser, wenn sie sich noch eine Weile damit beschäftigte.

Stunde um Stunde hockte sie im Schatten ihres Schirms, lief sie, die Beine bis zur Wade im Wasser, den Strand hoch und wieder zurück und verkroch sich vor der Hitze wieder unter dem Schirm. Längst war die Zeit verstrichen, zu der am Vortag das Glöckchen erklungen war. Ruhe kehrte ein, denn die meisten Familien mit Kindern verließen nach und nach den Strand. Nur hier und da zog noch ein Kopf einen Strich durch die glatte Wasseroberfläche, lag noch jemand dösend auf seinem Handtuch im Sand. Blechern wehten die Klänge aus einem Kopfhörer herüber, den ein Junge von vielleicht sechzehn oder siebzehn Jahren trug. Sein Fuß kippte im Takt von einer Seite auf die andere. Was bei Jo ankam, war nur noch eine scheppernde Ahnung einer Melodie. Ein kleiner Mann mit dunklem Haarkranz, von der Sonne ledrig gebräunter Haut, mit weißer kurzer Hose und einem weißen Unterhemd begann damit, die ersten der roten Strandkörbe zum Schlafen zu legen. Der Eismann würde nicht mehr kommen. Schade.

Jo stand unter der Dusche und ließ sich lauwarmes Wasser über die erhitzte Haut laufen, das ihr fast kühl erschien. Zurück im Hotel hatte sie von ihrem Fenster aus noch ein wenig dem kleinen Mann mit der Lederhaut dabei zugesehen, wie er die Strandkörbe vor nächtlichen Besuchern gesichert hatte. Dann war sie unter die Dusche geschlüpft. Sie liebte ihren Job, aber diese Freiheit, völlig selbstbestimmt ohne das Diktat der Uhr den Tag zu verbringen, hatte ihre ganz eigene Qualität. Noch immer nagte ein wenig die Enttäuschung an ihr, den Eismann nicht getroffen zu haben. Morgen war ja auch noch ein Tag. Jos gute Laune überwog mit Abstand.

Aus Leibeskräften sang sie gegen das Rauschen des Wassers auf ihrem Kopf und das Prasseln der Tropfen an der Duschwand an: »I don't want to talk about things we've gone through.« Ihr fielen die nächsten Zeilen nicht ein. Also summte sie weiter, ohne Worte zwar, aber mit immer mehr Gefühl. Die Duschkabine wurde zu ihrer Bühne. Dann fiel ihr der Refrain ein: »The winner takes it all«, schmetterte sie in den Wasserschwall. Den Duschkopf wie ein Mikrofon vor den Lippen, stieß sie in einer übermütigen Geste die Glastür auf.

Vor ihr stand der Eismann.

»Entschuldigung«, murmelte er. »Ich habe gerufen, aber Sie konnten mich wohl nicht hören.«

Josefine griff hinter sich, um das Wasser abzustellen, ohne ihn aus den Augen zu lassen. Ihre Nacktheit war ihr nicht halb so peinlich wie ihre Gesangsdarbietung mit Duschkopf.

»Was machen Sie denn hier?«, fragte sie.

»Arbeiten.«

»Hier im Hotel?«

»Sieht fast so aus.« Er grinste hilflos und gleichzeitig amüsiert.

»Haben Sie denn einen Zwillingsbruder?«

»Nein, wieso?«

»Ich denke, Sie sind Eisverkäufer.«

»Stimmt, aber davon allein kann ich nicht leben. Noch nicht.«

Sie standen einander gegenüber. Josefine tropfend in der Dusche, er in einem blauen Overall, unter dem er anscheinend dasselbe ärmellose Shirt trug, das er neulich am Strand angehabt hatte. Während sie schwiegen, wurde Jo die Situation bewusst, in der sie sich befand. Ihm schienen die gleichen Gedanken durch den Kopf zu gehen.

»Oh, Entschuldigung, soll ich mich umdrehen?«, fragte er.

»Das fällt Ihnen ein bisschen spät ein«, antwortete sie. »Aber Sie könnten mir ein Handtuch geben.« Sie mussten lachen.

»Klar, Entschuldigung, hier.« Er reichte ihr eins von den großen Duschtüchern, in das sie sich sofort einwickelte.

»Was machen Sie konkret für einen Job?«

»Hausmeister, Elektriker, Klempner, was eben so anfällt. Ein Mann für alle Fälle sozusagen.«

»Und welchen Fall genau sollen Sie in meinem Zimmer lösen?«

»Die Dusche ist kaputt.«

Jo machte große Augen.

»Soll kaputt sein, hat man mir aufgeschrieben.« Er fischte

einen kleinen Notizblock aus der Tasche, die vorne auf dem Latz der Hose war. »Ist Ihnen irgendetwas aufgefallen? Hatten Sie sich wegen der Dusche beschwert?«

»Nein, alles in Ordnung.«

»Hm.« Er legte einen Finger an die Lippen, eine Geste, die Jo an Laientheater erinnerte. Er starrte auf das Papier in seiner Hand, auf dem, wenn sie es richtig sah, höchstens drei oder vier Worte und ihre Zimmernummer standen. Er musste das bereits auswendig aufsagen können. Entweder war dieser Mann für alle Fälle viel unsicherer, als sie am Anfang angenommen hatte, oder genau das war seine Masche, und er spielte ihr etwas vor.

»Tja, dann haben Sie wohl eine falsche Information bekommen«, sagte sie und verschränkte die Arme vor der Brust.

»Scheint so.« Endlich konnte er sich von den Worten auf dem Notizblock lösen und steckte ihn wieder ein. »Dann gehe ich mal wieder.«

»Und? Was ist mit einer kleinen Entschädigung für den Schock?«

»Um ehrlich zu sein ... Ich habe gerufen, damit Sie sich nicht erschrecken. Ich dachte, wenn Sie das Wasser abdrehen, rufe ich gleich noch mal. Dann hätten Sie das bestimmt gehört. Ich konnte ja nicht ahnen, dass Sie bei laufendem Wasser und mitten in Ihrem Gesang aus der Dusche springen.«

»Ich bin nicht gesprungen«, stellte Jo richtig und spürte, wie sie bei der Erinnerung rot wurde.

»Sie haben übrigens eine hübsche Stimme.«

»Danke schön.«

»Okay, wären Sie damit einverstanden, wenn ich Sie morgen Abend so um sechs Uhr abhole? Dann zeige ich Ihnen etwas, das die wenigsten Urlauber zu sehen kriegen.«

»Klingt gut.«

»Okay, dann bis morgen.« Seine Augen blitzten vor Freude.

Josefine sah ihm nach. Seine nackten Füße steckten in Sandalen, die Hosenbeine waren ein bisschen schief bis kurz unter das Knie aufgekrempelt. Er hatte ebenso kräftige Waden wie Oberarme. Was das wohl sein würde, was die wenigsten Urlauber zu sehen bekamen? Sie hätte wetten können, dass er es schon vielen Urlauberinnen gezeigt hatte.

Der nächste Tag brachte einen leichten erfrischenden Wind, der kleine Schönwetterwolken über den blauen Himmel jagte. Jo kaufte sich auf dem Weg zum Strand einen Skizzenblock und einige Bleistifte unterschiedlicher Härte. Als Kind hatte sie gern mit Wasserfarben gemalt und eine Zeit sogar vorgehabt, in die Fußstapfen ihres Vaters zu treten. Doch seine Malerei war schließlich schuld daran, dass mindestens einmal im Jahr der Familienfrieden gestört war. Deshalb hatte sie mit vierzehn Malblock und Tuschkasten in eine Schublade verbannt und nicht mehr hervorgeholt. Wenn sie ehrlich war, hatte sie das Zeichnen immer vermisst. Und so hatte es sich zumindest einen kleinen Weg zurück in ihr Leben gebahnt. Während der kreativen Sitzungen in der Werbeagentur, in der sie nun schon seit fünf Jahren angestellt war, kritzelte sie ganze Notizblöcke und manchmal sogar ihre Arbeitsunterlagen voll. Sie zeichnete, was ihr zu einem Produkt in den Sinn kam, bannte ihre Kollegen in wenigen treffenden Strichen auf Papier, wie sie mit nachdenklich in Falten gelegter Stirn um den achteckigen Konferenztisch saßen, oder setzte zeichnerisch die Slogans um, die aus den Kreativen nur so sprudelten. Im Laufe der Zeit hatte sie einen eigenen Stil entwickelt und zeichnete fast nur noch Karikaturen, die im Kollegenkreis heiß begehrt waren. Kein Geburtstag verging, kein Betriebsfest, zu dem sie nicht gebeten wurde, eine Einladung oder einen Glückwunsch zu gestalten.

Josefine begrüßte den Strandkorbvermieter mit dem dunklen Haarkranz, der sie an die Tonsur eines Mönchs erinnerte. Er hatte ein freundliches Gesicht mit fröhlichen runden Augen. Sie war sicher, dass er ein gutes erstes Motiv abgeben würde. Doch als sie endlich soweit war, dass es losgehen konnte, drängten sich andere Motive förmlich vor. Eine rundliche Frau, die ihren Sonnenschirm immer wieder neu ausrichten musste, weil der von den Böen auf die Seite gelegt oder gar komplett aus dem Sand gehoben wurde. Ein hagerer Mann, der sich bei den Strandkorbnachbarn entschuldigen musste, weil das mit bunten Papageien bedruckte Hüfttuch seiner Frau zu ihnen hinüber gesegelt war und sich ausgerechnet über das Gesicht des bis dahin schlafenden Mannes gelegt hatte. Und auch die Kinder gaben herrliche Vorlagen ab, die ihre Handtücher ausschüttelten, ohne auf die Windrichtung zu achten, und damit einen kleinen Sandsturm auf ihre Eltern auslösten, oder die den Rücken der Mutter mit viel zu viel Sonnencreme einschmierten.

Mit wachsender Freude füllte Jo Blatt um Blatt. Erst der Klang eines Glöckchens am Nachmittag riss sie aus ihrer Konzentration. Sie sah auf und erkannte in der Ferne den Eismann mit seinem Wagen. Sie schob Skizzenblock und Stifte in die Tasche, löste die Beine aus dem Schneidersitz und dehnte sich ausgiebig. Wenn sie so weitermachte, würde sie sich noch die eine oder andere Massage gönnen müssen. Der Wind fuhr ihr durch das kurze Haar und brachte salzige Luft mit. Sie schloss kurz die Augen und dachte an die Verabredung, die sie mit dem Eismann hatte. Ein Kribbeln im Bauch signalisierte Aufregung. Oder war das nur das Knurren ihres Magens? Immerhin hatte sie außer etwas Obstsalat am Morgen noch nichts gegessen. Ein Eis wäre nicht schlecht, dachte sie, wusste aber nicht, ob sie nicht lieber desinteressiert auf ihrem Handtuch sitzen bleiben sollte. Sie konnte ihm ja von weitem zuwinken, so, als hätte sie ihn erst im letzten Moment gesehen. Sie könnte sich auch schlafend stellen, aber womöglich hatte er sie schon entdeckt und wusste, dass sie wach war.

Unsinn, tadelte sie sich selbst in Gedanken. Du holst dir jetzt ein Eis und benimmst dich nicht wie ein peinlicher Teenager. Sie griff nach ein paar Münzen und ging ihm entgegen.

»Moin«, rief er an seinen anderen Kunden vorbei, die bereits wieder eine kleine Schlange bildeten.

»Moin«, rief Jo zurück und wartete, bis sie an der Reihe war.

»Na, Schock von gestern verdaut?«, fragte er mit unübersehbarer Schadenfreude.

»Ziemlich. Und selbst?«

»Ich bin nicht sicher, ob ich meinen Job im Hotel nach dieser unheimlichen Begegnung weiter ausüben kann.« Er grinste. »Heute gibt es Himbeer und Erdbeer-Joghurt.«

»Von jeder Sorte eine, bitte.«

»Es war übrigens ein Zahlendreher, der uns in diese lustige Situation gebracht hat. Die Dusche in Zimmer einundzwanzig war kaputt, und ...«

»Und zwölf stand auf dem Zettel. Großartig.« Sie machte den

nächsten Kunden Platz, einer Mutter mit zwei blonden Mädchen mit Zöpfen, blieb aber noch ein wenig neben dem Wagen stehen.

»Ich bin übrigens Josefine«, sagte sie und schleckte an ihrem Eis.

»Ich weiß.«

Sie stutzte kurz. »Klar«, sagte sie dann. Natürlich, er arbeitete in ihrem Hotel. »Aber ich mag den Namen nicht besonders, deswegen werde ich Jo genannt.«

»Also: Jo. Ich bin Jan, und ich mag meinen Namen.«

Die blonden Mädchen rannten mit ihren Eistüten über den Strand, während ihre Mutter bezahlte. »Seid vorsichtig, dass es nicht runterfällt«, rief Jan ihnen nach.

»Na dann, bis später.« Jo nickte ihm noch einmal zu und ging dann zurück zu ihrem Handtuch. Sie holte ihren Zeichenblock hervor und überlegte kurz, ob sie Jan, den Eismann, rasch skizzieren sollte, aber mit Eis in der Hand war das keine sehr gute Idee. Sie blätterte durch die bekritzelten Seiten. Überrascht stellte sie fest, dass auf dem letzten Blatt die Wellen zu sehen waren, die um die Buhnen schäumten und sich daran brachen. Jetzt malte sie schon die Motive, die zuhauf in den Galerien standen. Na ja, wenigstens keinen Sonnenuntergang.

Jan war pünktlich. Er trug ein schwarzes T-Shirt, eine auf Oberschenkelhöhe abgeschnittene Jeans, aus deren Saum die Fransen hingen, und ein offenes Jeanshemd. Jo hatte sich für eine Leinenhose und eine ärmellose Bluse entschieden. Der Wind hatte noch mehr aufgefrischt, weshalb sie sicherheitshalber ein großes Schultertuch mitnahm.

»Moin«, rief er ihr entgegen, als sie aus dem Hotel trat. Jo war dieser Gruß zwar vertraut, in Hamburg allerdings benutzte man ihn für gewöhnlich nur bis zur Mittagszeit.

»Hallo«, sagte sie.

»Der Wind ist goldrichtig«, verkündete er begeistert und fügte schnell hinzu: »Wir müssen uns beeilen. Mein Auto steht nicht so gut.« Er griff ganz selbstverständlich nach ihrem Arm und zog sie hinter sich her.

Sie liefen über die Terrasse. Von der Treppe, die zu dem lachsfarbenen Rohrdachhaus führte, konnte Jo einen weißen Käfer sehen, der mit eingeschalteter Warnblinkanlage mitten auf der Fahrbahn stand.

»Da drüben ist doch ein großer Parkplatz. Wäre es nicht besser gewesen, kurz darauf zu fahren?«

»Hat sich nicht gelohnt. Wir sind doch gleich wieder weg.«

Er winkte freundlich einer Autofahrerin zu, die wild gestikulierte, weil sie aufgrund des starken Gegenverkehrs nicht an Jans Wagen vorbeigekommen war. Sie fuhren die Dorfstraße entlang und dann zum Althäger Hafen.

»Ich werde nie begreifen, dass die Touristen es immer so eilig haben. Ihr seid doch im Urlaub hier. Wenn wir drängeln würden, weil wir nämlich zur Arbeit oder einer Verabredung müssen, okay. Aber ihr?« Er schüttelte verständnislos den Kopf, allerdings nicht missbilligend. Er verstand es einfach nicht. Ganz nebenbei war er zum Duzen übergegangen. Bisher war Jo Gast im Hotel, für das er arbeitete, oder eine Kundin, die sein Eis kaufte. Jetzt hatte er Freizeit, und sie war einfach eine Frau in seinem Alter.

»Der Käfer ist wohl mindestens so alt wie der Eiswagen, oder?«, fragte Jo, ohne auf seine Bemerkung einzugehen.

»Nee, der Eiswagen ist viel älter.«

»Das ist nicht dein Ernst!«

»Doch, warum nicht? Ich stehe auf alte Sachen.«

»Hm«, machte Jo.

Er stellte den Wagen in der Einfahrt eines Privathauses ab.

»Wann erfahre ich denn, was du mir zeigen willst?«, fragte Jo.

»Das siehst du, sobald wir am Hafen sind.«

Nach wenigen Schritten standen sie am Hafenbecken, das sich nicht zum offenen Meer, sondern zum Saaler Bodden öffnete, einem Gewässer zwischen Fischland und Festland.

»Und?« Jo war irritiert. Da waren eine Menge Segelboote in verschiedenen Größen, die munter auf dem bewegten Wasser schaukelten. Auch ein Zeesenboot war dabei, eines jener Traditions-Fischerboote, die zu den touristischen Attraktionen der Region zählten. In das Räucherhaus, einem weißen Restaurant, das direkt auf den Bodden blickte, strömten hungrige Menschen. Etwas, das Urlauber üblicherweise nicht zu sehen bekamen, konnte sie nicht entdecken. Sie musste an seine Bemerkung denken, dass der Wind gerade richtig sei, und daran, dass er alte Dinge mochte.

»Das Zeesenboot würde zu dir passen«, mutmaßte sie, »aber das kriegt doch nun wirklich jeder Tourist zu sehen.«

»Nee!« Er schüttelte den Kopf. »Irgendein Zeesenboot kriegt jeder zu sehen. Aber nicht das hier. Und schon gar nicht aus der Nähe.«

An Bord des Zweimasters, den Jo auf etwa zehn Meter Länge schätzte, war ein Mann mit Leinen und Takelage beschäftigt.

»Moin, Sönke«, rief Jan.

Der Mann wandte sich ihnen zu und hob die Hand zum

Gruß. Jo nickte ihm zu und lief hinter Jan her, der bereits auf dem Steg war.

»Bitte mit Landratte an Bord kommen zu dürfen.«

»Hey«, protestierte Jo, »ich bin schon auf der Alster gesegelt.«

»Hallo, ich bin Sönke, willkommen auf der *Aldebaran*!« Er streckte ihr eine Hand entgegen und legte für einen Moment die Stirn in Falten, als versuche er, sich an irgendetwas zu erinnern.

»Danke, ich bin Jo.«

»Sie heißt Josefine. Das klingt viel schöner«, meinte Jan.

»Das klingt altmodisch«, widersprach sie.

»Dann wollen wir mal los, solange der Wind so günstig steht.« Sönke, ein Mann von schätzungsweise Ende dreißig mit bereits schütterem schwarzen Haar, begann, die Segel zu setzen.

»Setz dich am besten dort rüber«, meinte Jan und deutete auf eine Holzbank, auf der blau-weiß gestreifte Sitzkissen lagen. »Da bist du nicht im Weg.«

»Toll, danke«, antwortete Jo wenig begeistert. Wäre ich im Hotel geblieben, wäre ich überhaupt nicht im Weg, dachte sie. Sie musste auf dem schwankenden Schiff, das sich langsam vom Ufer entfernte, mühsam die Balance halten. Es wäre bestimmt das Beste, wenn sie sich irgendwo hinsetzte, wo sie nicht störte. Trotzdem fragte sie: »Kann ich nicht helfen?«

»Nein, nein, danke, wir machen das schon«, rief Sönke. Er warf ihr einen kurzen freundlichen Blick zu und kümmerte sich dann wieder um die Segel. Jeder Handgriff saß, die beiden Männer schienen ein eingespieltes Team zu sein. Wahrscheinlich fuhren sie oft gemeinsam raus und nahmen Frauen vom Festland mit, die ihre Ferien in Ahrenshoop verbrachten.

Die rotbraunen Segel – das kleinste erinnerte an die Segelform chinesischer Dschunken – blähten sich bald im Wind. Es war trotz der kräftigen Brise noch immer warm, und so drehte Jo ihr Gesicht in die Abendsonne und freute sich auf den Ausflug.

»Warum segelt ihr nicht draußen auf der Ostsee? Wäre das nicht reizvoller?«, wollte sie wissen.

»Überhaupt nicht«, antwortete Sönke. »Von der Ostsee aus sieht man doch immer nur den Strand und endlos viel Wasser. Der Bodden ist das schönere Revier.«

»Warte, bis du die Landschaft gesehen hast«, ergänzte Jan. »Dann verstehst du, was wir meinen. Das macht den Darß aus. Deshalb kommen mehr Maler hierher als zum Beispiel in die Buchten in Schleswig-Holstein.«

Es dauerte nicht lange, dann hatte das Boot seinen Rhythmus gefunden und glitt ruhig, geradezu lautlos und überraschend zügig durch das dunkle Wasser. Hier und da bildeten sich kleine Wellenkämme, die bernsteinfarben in der Sonne funkelten. Sönke lenkte das Boot vorbei an Sandbänken, auf denen sich Wasservögel mit langen gebogenen Schnäbeln ihre Beute streitig machten. Auf der Landseite war auf weiter Strecke Schilf zu sehen, dahinter zunächst noch Häuser, später dann blühende Sommerwiesen und vom Wind gebeugte Kiefern, die mit ihren knorrigen Ästen wie bizarre Märchengestalten aussahen.

»Es ist wirklich wunderschön«, seufzte Jo.

»Hier hört der Darß auf, und Fischland fängt an«, erklärte Jan. »Aber die meisten sagen Darß zur gesamten Halbinsel. Bist du zum ersten Mal hier?«

»Ja.«

»Ich hätte schwören können, ich habe dich hier schon gesehen«, sagte Sönke und sah sie wieder so nachdenklich an wie
bei der Begrüßung. »Du kommst mir irgendwie bekannt vor.«

»Ha, ganz plumper Versuch, mein Lieber«, sagte Jan lachend.

Jo lächelte, dann wurde sie wieder ernst und erzählte:
»Mein Vater war früher oft hier. Er hat gemalt. Ich wollte endlich mal sehen, ob es hier wirklich so schön ist, wie er immer
behauptet hat.«

»Und?« Jan ließ sich neben ihr auf die Bank fallen und sah
sie erwartungsvoll an. Er hatte ausdrucksstarke graue Augen.

»Ich kann verstehen, warum er so gerne hergekommen ist.«
Leiser setzte sie hinzu: »Aber ich werde nie verstehen, warum
er uns nicht dabei haben wollte.« Sie spürte seinen Blick, der
noch immer aufmerksam auf sie gerichtet war.

»*Aldebaran* klingt hübsch«, rief sie Sönke zu. »Hat der Name
eine Bedeutung?«

»Ja, das ist der Name eines Sterns. Er ist einer der hellsten
Sterne am Himmel und gehört zum Bild des Stiers. Er diente
den Seeleuten früher als Orientierung. Wer nach den Sternen
navigieren kann, richtet sich auch heute noch oft nach dem
Aldebaran, weil er so gut zu erkennen ist.«

»Interessant«, sagte sie.

»Noch viel interessanter als der Name ist das Boot selbst«,
warf Jan ein. »Es ist nämlich wirklich alt.«

»Das war ja klar«, meinte Jo und grinste.

Jan ging nicht darauf ein. »Im Ernst, viele der Zeesenboote,
mit denen Touren angeboten werden, sind höchstens zwanzig
Jahre alt, Nachbauten eben. Oder sie sind älter, wurden aber
mit modernen Mitteln aufgemotzt. Das Boot hier wurde 1924

gebaut. Sönke hat es ganz allein und vor allem traditions-
gemäß restauriert.«

»Alle Achtung.« Jo war wirklich beeindruckt.

»Er übertreibt. Allein ist das nicht zu schaffen. Jan hat mir
unheimlich viel geholfen. Und noch ein paar Kumpels.«

»Wo genau ist der Unterschied zwischen modernisierten
Schiffen und diesem hier?«

»Wir haben uns einfach an originale Baupläne und Abbil-
dungen gehalten. Als ich die *Aldebaran* gekauft habe, hatte sie
zum Beispiel achtern ein Ruderhaus. Das hat da natürlich
nicht hingehört und ist wieder weggekommen.«

»Aha«, machte Jo, ohne zu verstehen, was an einem nach-
gerüsteten Ruderhaus wohl schlecht sein sollte.

»Das geht schon bei der Beplankung los«, erklärte Jan. »Die
meisten nehmen irgendein Holz, das ihnen gefällt und das
robust und wetterbeständig ist.«

»Genau. Das gilt auch für die Segel. Die lassen sich die meisten schon in Braun anfertigen. Und zwar aus Kunstfasern,
Polyamid, Polyester und so einem Zeug.«

»Und dann verkaufen sie das als historisches Zeesenboot!«
Jan schüttelte den Kopf, und Sönke nickte.

»Woraus sind denn diese Segel?«, wollte Jo wissen und
blickte an den Masten hoch. Sie fand, dass die anderen Boote
dieser Art, die sie auf Bildern gesehen hatte, von diesem hier
optisch nicht zu unterscheiden waren.

»Baumwolle und Leinen«, antwortete Sönke. Sein Stolz war
nicht zu überhören. »Gefärbt mit ausgekochter Eichenrinde,
Öl, Fett, Holzteer und Ockererde.«

»Noch früher hat man Ochsenblut verwendet«, warf Jan

ein. »Aber später dann eben Ockererde. Das ist historisch vertretbar.«

»Was ist besser an Leinen und Baumwolle?«, fragte Jo weiter, die gern verstehen wollte, warum die beiden Männer offenbar so viel Wert auf diese Art der Restauration gelegt hatten. »Ist die stabiler, oder hat sie bessere Eigenschaften?«

»Im Gegenteil.« Sönke seufzte und betrachtete einige Sekunden den rötlich braunen Stoff, der nun straff gespannt im Abendlicht zu glühen schien. »Die natürlichen Materialien lassen mehr Wind durch, nehmen mehr Feuchtigkeit auf und werden dadurch sehr schwer, wenn sie einmal richtig nass sind. Außerdem macht ihnen die UV-Strahlung schwer zu schaffen. Die Segel müssen viel öfter ausgetauscht oder notfalls geflickt werden als solche aus Kunstfaser.«

Tatsächlich. Wenn man genau hinsah, konnte man erkennen, dass der Stoff hier und da schon dünn wurde.

»Das ist nun mal so«, seufzte Sönke und machte sich daran, die Segel einzuholen.

»Klar hätten moderne Membransegel echte Vorteile«, nahm Jan das Thema noch einmal auf. »Aber sie gehören einfach nicht auf ein historisches Boot. Genauso wenig wie ein Motor. Der ist als erstes rausgeflogen.«

Jo zog eine Augenbraue hoch. »Und wenn ihr Flaute habt? Ich meine, man muss den Motor ja nicht dauernd benutzen. Aber für den Notfall ...«

»Dann muss man sich ein zeitgemäßes Boot kaufen. Da ist ein Motor okay.«

Sie ankerten unweit des Boddenhafens von Dändorf. Sönke holte aus den Tiefen des Rumpfes, aus dem Hohlraum, in dem sich vermutlich einmal der überflüssige Motor befunden hatte, eine Holzkiste hervor. Sie war mit blau-weiß kariertem Stoff ausgeschlagen. Zum Vorschein kamen zwei Flaschen Wasser, Baguette, Käse, Oliven, Tomaten, Salz und Pfeffer, Weintrauben, Cracker und eine kleine Auswahl Räucherfisch. Der Skipper machte nicht den Eindruck, als sei er ein großer Verführer oder Frauenheld. Trotzdem schien er sehr genau zu wissen, womit ein weiblicher Gast zu beeindrucken war. Er hatte diese Kiste gewiss nicht zum ersten Mal gepackt. Mit geübten Handgriffen wurde aus der nun leeren Kiste ein kleiner Tisch. Sönke holte aus einer anderen Luke Geschirr und Besteck. Selbstverständlich aus Keramik und Metall; Plastik kam ihm nicht an Bord.

»Bitte«, sagte er, »bedien dich.«

»Vielen Dank.«

»Es gibt nur Wasser«, ergänzte er mit entschuldigendem Lächeln. »Bier oder Wein habe ich nie auf dem Schiff. Das wäre so, als würde man Alkohol im Auto trinken, finde ich.«

»So habe ich das bisher nicht gesehen«, gestand Jo lächelnd. »Kein Problem, das ist ein ganz herrliches Picknick.«

Während sie aßen, erzählten die beiden Männer von der Fischerei mit Zeesenbooten, die ihren Namen von ganz speziellen Fangnetzen, den Zeesen, hatten.

»Mönche sollen diese Art des Fischfangs erfunden haben«, berichtete Jan kauend. »Darum heißt das Netz im Plattdeutschen auch noch Mönkesack.«

Beide schilderten so lebendig die Vergangenheit dieses sehr speziellen Schiffstyps, dass Jo sich zurückversetzt fühlte in eine aufregende Zeit, in der die Boote als Last-, Hochzeits- oder Totenschiffe unterwegs gewesen waren. Vor ihrem geistigen Auge kreuzten die hübschen flotten Segler im Krieg als Kuriere und unter dem Kommando von Schmugglern durch die Boddengewässer und gewiss auch über die Ostsee. Außer den Stimmen, dem Glucksen des Wassers, den Seilen, die ab und zu gegen einen Mast schlugen, und dem Pfeifen und Rauschen des Windes war nichts zu hören. Jo konnte kaum glauben, dass es eine solche Ruhe überhaupt noch gab, ohne zumindest in der Ferne lärmenden Straßenverkehr, ohne allgegenwärtige Mobiltelefone, ohne ein Radio oder Fernsehgerät.

Fast unbemerkt hatte sich die Nacht über das alte Boot gespannt. Sönke zündete die Positionslaternen an und sagte: »Der Wind flaut ab. Wir sollten Segel setzen, wenn wir heute noch nach Hause kommen wollen.«

Schweigend fuhren sie zurück. Jo konnte sich nicht satt sehen an dem Schilf, das sich schemenhaft im gelben Kegel der Laternen zeigte, und an den Lichtern, die wie Sterne auf der Halbinsel aufblitzten. Als sie schließlich in den Althäger Hafen glitten, fühlte sie sich berauscht, als hätte sie Wein statt Wasser getrunken.

»Vielen, vielen Dank«, sagte sie und drückte Sönke fest die Hand. »Das war ein wundervoller Ausflug. Das Boot ist wirklich etwas ganz Besonderes. Da hat Jan nicht zu viel versprochen. Ich hoffe, ich kann mich irgendwie für die Fahrt und das Essen revanchieren.«

»Gern geschehen«, gab der Skipper zurück. »Ich freue mich immer, wenn ich die *Aldebaran* vorführen darf.«

»Warum bietest du keine regelmäßigen Fahrten für Urlauber an?«

»Das ist ohne Motor nicht zu machen. Der Wind spielt nicht immer so mit wie heute. Außerdem ist sie so etwas wie ein Museumsboot.« Er betrachtete den alten Kahn liebevoll. »Sie ist für den regelmäßigen Betrieb nicht geschaffen.«

Die Männer verabschiedeten sich, dann waren Jo und Jan allein. Sie schlenderten den Weg hoch, der vom Hafen zur Straße führte.

»Ich bringe dich zum Hotel«, sagte Jan.

»Danke.« Jo steuerte auf seinen Käfer zu, der im Schein einer Straßenlampe auftauchte.

»Nein, wir gehen zu Fuß«, verkündete er. »Ich habe Sönke den Schlüssel da gelassen. Er muss morgen nach Stralsund.«

»Musst du denn in die gleiche Richtung? Ich meine, ich kann sonst auch alleine laufen.«

»Nee, nee, besser nicht. Die Wege sind nicht alle gut beleuchtet. Besser, ich bringe dich zum Hotel. Ich wohne sowieso ganz in der Nähe.« Er hakte sie unter, wofür Jo nicht undankbar war. Zumindest in den kleinen Seitenstraßen schien Beleuchtung von den Einheimischen für überflüssigen Schnickschnack gehalten zu werden. Sie musste höllisch aufpassen, dass sie auf dem Kopfsteinpflaster nicht stolperte. Gott sei Dank trug sie flache Schuhe. Mit Absätzen wäre sie hier verloren, und vermutlich hätte sie die *Aldebaran* gar nicht betreten dürfen.

In der Luft lag eine eigentümliche Duftmischung aus Salz, Fisch und Flieder. Jo schnupperte genüsslich. Jan sah sie fragend an.

»Es riecht so gut. Überhaupt: Es ist wirklich sehr schön hier«, sagte sie leise. Dann lachte sie: »O je, ich werde noch sentimental.«

»Wäre das so schlimm?«

»Und wie!«

Sie hatten die Hauptstraße erreicht. Hier saßen noch einige Nachtschwärmer auf den Terrassen der Lokale. Auf den Tischen standen Windlichter und gefüllte Gläser. Viel war hier, verglichen mit Hamburg, nicht los. Trotzdem nahm Jo die Menschen und die Geräusche mit einem Mal viel intensiver wahr als vor dem Ausflug.

»Na, Entschädigung akzeptiert?«, fragte Jan sie, als sie vor dem Hotel ankamen.

»Das war weit mehr als eine Entschädigung. Ich glaube, jetzt muss ich mich revanchieren. Darf ich dich noch auf ein Bier einladen?«

»Lieber nicht, ich habe morgen früh Dienst im Hotel.«

»Dann schließe ich wohl besser meine Tür ab«, witzelte Jo, um ihre Enttäuschung zu überspielen.

»Morgen Abend würde mir passen.«

»Okay, gern.«

Jan schien einen Augenblick zu zögern und küsste sie dann sehr vorsichtig auf die Wange. Seine Bartstoppeln kratzten, aber er hat volle weiche Lippen. Seine Wärme und die Zartheit dieser Geste, die so gar nicht zu ihm passen wollte, gefielen Jo gut.

II

Am nächsten Morgen fand Jo einen Zettel auf dem Parkettfußboden, den jemand unter ihrer Tür hindurch geschoben hatte.

33

Hole Dich um 21 Uhr ab. Freue mich auf Dich, Jan, stand darauf.

Jos Herz machte einen Hüpfer. Sie freute sich auch auf ihn. Den ganzen Tag musste sie wie ein verknallter Teenager an ihn denken und wunderte sich immer wieder darüber, wie sehr er sie doch überrascht hatte. Sie musste sich eingestehen, dass sie einem Mann von zweiunddreißig, der in einem kleinen Dorf geboren worden war und nun wieder dort lebte, grundsätzlich nicht viel zutraute. Sie hatte Vorurteile, so viel stand fest. Sie war tatsächlich davon ausgegangen, dass ein solches Land-Ei zumindest ein wenig einfältig sein musste. Doch am Abend zusammen mit seinem Freund Sönke hatte Jan sich als interessierter weltoffener Mensch präsentiert, der ein halbes Jahr in Madrid und zwei Jahre in London gelebt hatte, um die Sprachen der Länder zu lernen und Erfahrungen im Ausland zu sammeln. In Madrid hatte er sich seinen Aufenthalt als Nachtwächter im Kunstmuseum verdient, in London als Nachtportier in drei verschiedenen Hotels. Jo konnte nicht begreifen, dass er mit seinem offenkundigen Sprachtalent und diesen Erfahrungen auf den Darß zurückgekommen war. Doch wenn sie gründlich darüber nachdachte, hätte sie ihn soweit noch verstehen können. Aber warum hatte er nicht beispielsweise eine Hotelfachschule absolviert und sich in seiner schönen Heimat selbständig gemacht? Stattdessen lief er im Blaumann herum oder schob einen altersschwachen Eiswagen über den Strand. Reine Verschwendung in ihren Augen.

Der Wind vom Vortag hielt an, und der Himmel war bedeckt. Genau richtig, um einen Streifzug durch die Galerien zu unternehmen. In Prerow entdeckte Jo eine Cartoon-Ausstellung unter freiem Himmel. Sie amüsierte sich prächtig über die gestochen auf Papier gebannten Urlaubsfreuden und Urlaubsleiden am Meer, darüber, wie die Zeichner mit wenigen Strichen ganze Geschichten erzählten und auf den Punkt brachten. Nach einer Stunde hatte sie alle Zeichnungen und Skizzen gesehen, kaufte sich ein Fischbrötchen und spazierte zur Seebrücke. Sie wanderte auf den Holzplanken bis zum Ende der Brücke. Dort stand sie eine Weile und sah auf die Ostsee hinaus. Unter ihr schaukelten Möwen auf den Wellen und legten keck die Köpfe schief. Jo brach Krümel von ihrem Brötchen ab und warf sie ihnen zu. Sofort stießen sie in die Höhe und kabbelten sich um die Beute. Eine besonders vorwitzige Möwe traute sich sogar auf das hölzerne Geländer und harrte nur wenige Zentimeter von Jo entfernt aus.

»Du bist zwar ganz schön aufdringlich«, sagte Jo zu dem Vogel, »hast dir für deinen Mut aber eine Belohnung verdient.« Damit zwackte sie ein Stückchen von ihrem Bismarckhering ab und legte es behutsam unter den aufmerksamen Blicken aus hellblauen Möwenaugen auf dem Holzgeländer ab. Der Vogel reckte seinen weiß gefiederten Hals, konnte den Leckerbissen aber nicht erreichen. Abwechselnd sah er auf den Fischbrocken und zu Jo hinauf, als wollte er aus ihrem Gesicht lesen, ob sie ihm ohne Hintergedanken den Tisch gedeckt oder doch eine Falle gestellt hatte.

Das Spiel dauerte einige Minuten. Jo blieb nahezu bewegungslos stehen und freute sich daran, das Tier in aller Ruhe aus dieser Nähe beobachten zu können. Mit einem Mal hüpfte die Möwe wenige Zentimeter vor, gerade weit genug, um blitzschnell das Heringsstückchen mit dem orange leuchtenden

Schnabel packen und davonsegeln zu können. Jo sah ihr eine Weile nach und spazierte dann langsam zurück. Sie informierte sich, wann der Bus nach Ahrenshoop fuhr, und stellte fest, dass ihr noch eine gute halbe Stunde blieb. Ihr fiel ein kleines knallrot gestrichenes Häuschen auf, das eine Galerie beherbergte, in der sie noch nicht gewesen war. In einem der kleinen Fenster hing eine Kreidezeichnung von einer Möwe, die Jo nach ihrem kleinen Erlebnis sofort ins Auge fiel. Also trat sie ein.

Eine zierliche Frau mit grauem, sehr kurz geschnittenem Haar begrüßte sie. Jo hatte rasch den Eindruck, hier nichts Außergewöhnliches zu finden. Die üblichen Motive, der bekannte verklärt romantische Stil, den sie nicht ausstehen konnte. Sie drehte sich um, um noch rasch einen Blick auf die hinter ihr liegende Wand zu werfen, und erstarrte in der Bewegung. Da hing ein Bild, das die Dünen unter einem fast orange strahlenden Vollmond zeigte. Es war ein Aquarell, das Jo vollkommen in seinen Bann zog. Nicht, dass es ihr etwa besonders gefallen hätte. Aber es handelte sich eindeutig um ein Lieblingsmotiv ihres Vaters. Damit nicht genug. Es war auch der Pinselstrich ihres Vaters, den sie zu erkennen glaubte.

»Sie interessieren sich für das Bild?«, fragte die Galeristin, der der Pony wie mit dem Lineal gezogen diagonal über die Stirn lief.

»Ja, das heißt, eigentlich nicht. Es ist nur ...« Sie trat einen Schritt näher darauf zu. »Kennen Sie den Maler?«

»Allerdings. Er ist ein begnadeter Künstler, wenn Sie meine Meinung hören wollen. Und ein ausgesprochen interessanter Mann noch dazu. Seine Werke haben sich immer gut verkauft.

Leider hat er lange nichts mehr für mich gemacht. Seinen Namen darf ich Ihnen bedauerlicherweise nicht verraten. Darauf besteht er.«

Josefine hörte ihr kaum noch zu. Sie starrte auf das Signum: ON. Otto Niemann, ihr Vater. Es musste so sein. Eine Sekunde überlegte sie, ob sie nach dem Preis fragen sollte, aber dann bedankte sie sich rasch und ging.

Entgegen ihrem ersten Impuls, sich auf der Stelle in ihr Zimmer zurückzuziehen, trat Jo an den Tresen des Wellness-Bereichs und fragte nach einem Termin.

»Jetzt gleich?« Die Mitarbeiterin mit den bläulich schwarzen Haaren, die sie zu einem Knoten gebunden trug, aus dem nur eine einzige Strähne ausgespart war, die als umgedrehtes Fragezeichen auf ihrer Wange klebte, hob die Augenbrauen an. »Bei diesem Wetter sind alle Gäste hier und wollen sich etwas Gutes tun. Wir sind ziemlich ausgebucht.« Sie ließ ihre künstlichen Fingernägel, pink-silber mit Glitzereffekt Sternenstaub, über die Seite des Kalenders gleiten.

Dann eben nicht, dachte Jo missmutig. Laut sagte sie: »Kein Problem, war nur so eine spontane Idee.« Sie wandte sich vom Tresen ab.

»Die Floating-Wanne wäre noch frei«, flötete es hinter ihr.

Jo ließ sich erklären, was sie sich unter dieser geheimnisvollen Wanne vorzustellen hatte. Sie hörte etwas von Schwerelosigkeit wie im Mutterleib und totaler Entspannung und sagte zu. Eine knappe halbe Stunde später schwebte sie in einem mit Salzwasser gefüllten Tank. Beruhigende Klänge von Flöten, Harfen und Trommeln drangen aus Unterwasser-Lautsprechern zu ihr, und durch die geschlossenen Lider nahm sie den sanften Wechsel farbigen Lichts wahr. Nach wenigen Sekunden war ihre innere Unruhe vergessen. Bedauerlicherweise nutzte ihr Gehirn die Zeit, um Jo zurück in die kleine Galerie und zu dem Gemälde ihres Vaters zu bringen. Es war ihr noch nie gelungen, an nichts zu denken.

Was hatte sie erwartet? Warum war sie ausgerechnet auf den Darß gekommen, den sie und ihre Mutter zusammen mit ihrem Vater nur zu gern besucht hätten, den sie mit achtzehn dann jedoch zum Un-Ort erklärte, zu einer Region, in die sie niemals einen Fuß setzen würde? Während ihre Finger und Zehen schrumpelig wurden, analysierte Jo ihre Empfindungen. Da war Wut. Doch dahinter gab es auch ein wenig Stolz. Die Worte der Galeristin fühlten sich gut an: begnadeter Künstler, interessanter Mann. Auch die Vorstellung, dass sich seine Bilder gut verkauft hatten, erfüllte Jo mit Stolz. Nicht dass sie etwa Verständnis dafür hatte, dass jemand Geld für derartig kitschige Malereien ausgab. Auf der anderen Seite hatte ihr Vater seinen ganz eigenen Stil gehabt, das musste man ihm zugestehen. Und er kam der Realität mit seiner Darstellung sehr viel näher, als sie es je für möglich gehalten hätte. Der Mond leuchtete hier einfach intensiver, die Farben strahlten kräftiger. Warum bloß hatte er darauf bestanden, anonym zu bleiben? Soweit sie sich erinnerte, stand Otto Niemann zu seiner Kunst.

Plötzlich tauchte er vor ihr auf mitten in dieser meditativen Versenkung. Er war zum Greifen nah, wie er es seit seinem Tod vor einem Jahr nie mehr gewesen war. Dieser kantige große Mann mit dem immer etwas mürrischen Gesichtsausdruck, mit Pranken, die gleichermaßen zupacken und einen feinen Pinselstrich führen konnten, mit einer tiefen Reibeisenstimme, die jegliche Hoffnung der Familie auf gemeinsame Ferien mit einem Wort zunichte machen und im nächsten Moment vom Mond als Seelenverwandten schwärmen konnte.

Die Unterwasser-Klänge veränderten sich, wurden schwächer, gingen in ein Summen über. War das nicht die Stimme ihres Vaters? Natürlich, er summte oft, wenn er über einer Zeichnung brütete, die er zu einem bestimmten Termin fertig abliefern musste. Er arbeitete zu Hause. Seine Tür war immer offen, so dass Jo jederzeit zu ihm gehen, ihm über die Schulter sehen konnte. Instinktiv sprach sie nicht, sah ihm nur zu, wenn er diesen ganz bestimmten leeren Blick hatte und summte. Das tiefe Summen füllte sie vollständig aus, und ihr fiel erst jetzt auf, wie warm ihr war. Sie blickte in die grauen Augen ihres Vaters und stellte überrascht fest, dass sie nicht leer oder abweisend waren. Sie waren betrübt. Zum ersten Mal kam ihr der Gedanke, dass dem Mann, der so stur sein konnte, der aber auch so zuverlässig war, dass ihm stets etwas gefehlt hatte. Es gab Nuancen in ihm, die er in seiner Familie nicht ausleben konnte, Bedürfnisse, die ihre Mutter und sie nie zu erfüllen in der Lage gewesen waren.

Ein Schmerz drang Jo unvermittelt in die Brust. Nicht ein einziges Mal hatte sie wirklich versucht, ihn zu verstehen, hatte sie ihn mit Interesse und Zuneigung nach seinen Gründen gefragt, allein in den Urlaub zu fahren. Immer war sie voller Ungeduld und Hass gewesen. Und jetzt war es zu spät. Sie hatte keine Möglichkeit mehr, ehrliche Antworten von ihm zu bekommen.

Es dauerte einige Sekunden, bis Jo begriff, dass das helle Licht, das durch ihre Lider drang, nicht die Sonne war. Erstaunt stellte sie fest, dass die Musik verstummt war. Wie lange schon? Jo wollte sich von der Liege erheben. Oder lag sie auf ihrem Handtuch im weichen Sand? Zu spät registrierte sie das Wasser um sich herum, verschluckte sich und musste fürchterlich husten. Willkommen zurück in der Wirklichkeit.

Sie saßen auf einer Eckbank in der Kneipe, von der Jan gesagt hatte, hier würde man wenigstens auch Einheimische treffen und nicht nur Touristen. Jo hätte nicht beurteilen können, wer hier in der Region lebte und wer nur seinen Urlaub verbrachte. Machte das einen Unterschied? Ihr fiel lediglich auf, dass das Lokal offenbar ein Treffpunkt der Skipper war. Aus den Gesprächsfetzen, die sie aufschnappte, ging hervor, dass die letzten beiden Tage ausgiebig für Segeltörns genutzt worden waren.

»Und, was hast du heute unternommen?« Jan stützte einen Arm auf den Tisch, legte das Kinn auf die Hand, sah sie erwartungsvoll an und spielte mit einem Finger an seinen Lippen, anscheinend eine Angewohnheit von ihm.

»Hab mir die Cartoons in Prerow angesehen und ein paar Galerien.« Jo fuhr sich gedankenverloren durch das kurze Haar, das sich hier und da kringelte, weil sie es an der Luft hatte trocknen lassen.

»Hast du etwas gekauft?«

»Nein.«

Er sah sie einige Zeit an und wartete darauf, dass sie erzählte. Aber sie hatte keine Lust dazu. Sie wollte nicht von dem Bild berichten und auch nicht von ihren Gedanken, die ihr in der Wanne schwebend durch den Kopf gegangen waren. Die Stille zwischen ihnen wurde greifbar. Jo wusste, dass sie etwas sagen sollte, bekam aber irgendwie kein Wort heraus. Stattdessen schenkte sie dem Dudelsack, der über ihren Köpfen hing, der Nationalflagge Irlands an der rohen roten Backsteinwand und einem Plakat mit sämtlichen irischen Whiskey-Destillerien ihre ganze Aufmerksamkeit.

»Sehr gesprächig bist du heute nicht gerade. Alles okay mit dir?« Jan klang geduldig und freundlich.

»Ja, ja, alles bestens.« Sie zögerte. Weil er sie weiter ansah, setzte sie hinzu: »Ich glaube, ich vermisse schon die Großstadt. Das Landleben geht mir auf den Keks.«

Er schüttelte den Kopf und begann, das weiche Wachs der Kerze, die vor ihnen auf dem Tisch brannte, in die Flamme zu drücken. Jo hätte sich ohrfeigen können. Jetzt dachte er vermutlich, sie sei so eine Schickimicki-Ziege, die jeden Abend Party brauchte. Dabei stimmte das überhaupt nicht. Sie liebte Hamburg zwar sehr, ging aber nicht übermäßig oft aus, sondern blieb wesentlich häufiger mit einem Buch zu Hause. Oder sie besuchte ihre Mutter, die nach dem Tod ihres Mannes auf das Land gezogen war.

»Vielleicht liegt es auch an etwas anderem«, versuchte sie, ihre dumme Bemerkung rückgängig zu machen. Wieso war ihr aber auch nichts Besseres eingefallen? Die Wahrheit war, dass das Leben auf dem Darß ihr ganz und gar nicht auf die Nerven ging, sondern mit jedem Tag besser gefiel. Wenn sie darüber nachdachte, konnte sie sich überhaupt nicht vorstellen, wieder jeden Tag in einer überfüllten U-Bahn zu sitzen, ständig klingelnde Telefone und piepende Computer um sich zu haben.

»Ich weiß auch nicht, was mit mir los ist«, sagte sie leise und starrte angestrengt in die Flamme. Das konnte ja ein netter Abend werden!

»Warum hat dein Vater dich nie mitgenommen, wenn er so oft hier war?«, fragte Jan unvermittelt.

»Wie kommst du darauf?« Jo sah ihn erschrocken an.

»Du hast gestern auf dem Boot gesagt, dass dein Vater oft hier war, euch aber nie mitgenommen hat. Dich und ... deine Geschwister?«

»Nein, mich und meine Mutter.« Sie nagte an ihrer Unterlippe.

»Hatte er beruflich hier zu tun?«

Jo lachte auf. »Nein, was soll man hier wohl beruflich zu tun haben? Er hat hier Ferien gemacht.«

»Hätte ja sein können. Hier wird auch mit anderen Dingen Geld verdient als nur mit Gästen.«

Jo dachte, sie sollte sich für ihren ruppigen Ton entschuldigen. Aber sie wollte mit ihm überhaupt nicht über ihren Vater reden. Schlimm genug, dass sie den ganzen Tag an ihn gedacht hatte.

»Er vertrat den Standpunkt, dass jeder Mensch einmal im Jahr Zeit für sich haben sollte, und es war ihm dabei völlig egal, ob ich meine Sommerferien gerne mit beiden Elternteilen verbracht hätte. Dass eine Familie einmal im Jahr Zeit miteinander verbringen sollte, zählte für ihn nicht.«

»Hättet ihr denn keinen Mittelweg finden können? Eine Woche Urlaub für ihn allein, und dann wärt ihr nachgekommen?« Da war es wieder: Ganz automatisch wanderte sein Zeigefinger zu seiner Lippe.

»Wir waren kompromissbereit, mein Vater aber nicht«, antwortete Jo einsilbig.

»Und jetzt hast du ihn nicht mitgenommen«, sagte er und fügte wie ein trotziges Kind hinzu: »So!« Er lachte. Es war klar, dass er sie aufmuntern wollte.

»Mein Vater ist seit einem Jahr tot.«

»Oh, Entschuldigung, das wusste ich nicht.«

»Das hätte mich auch gewundert«, entgegnete sie und schmunzelte. »Vergiss es, das ist Vergangenheit. Es lohnt sich nicht, sich jetzt noch den Kopf darüber zu zerbrechen.«

»Hm«, machte er, wechselte dann aber das Thema: »Noch ein Bier?«

»Ja, gern.« Er gab dem Wirt hinter dem Tresen ein Zeichen, und Jo leerte eilig ihr Glas. Jan trank Rotwein. Schon wieder so eine Sache, mit der er sie überraschte. Sie musste sich zum wiederholten Mal eingestehen, wie sehr sie mit ihrer Einschätzung bei diesem Mann daneben gelegen hatte.

»Wir wollten über deine Geschäftsidee sprechen«, sagte sie ein wenig zu laut. Es wurde Zeit, diese zähe Unterhaltung endlich in Schwung zu bringen, ohne dass sie ihre Vater-Tochter-Krise aufarbeiten musste.

»Du wolltest darüber sprechen«, stellte er richtig.

Die Getränke kamen.

»Ich will darauf trinken.« Er hob sein Glas und strahlte sie an. Seine Augen hatten das gleiche unergründliche Grau-Blau wie die Ostsee, dachte Jo.

Lieber Himmel, war dieser Vergleich wirklich ihr in den Sinn gekommen?

»Na, dann Prost!«, sagte sie, nickte ihm kurz zu und trank einen großen Schluck. »Ich finde deine Idee wirklich interessant. Wenn du es schlau anpackst, kannst du damit einen richtigen Volltreffer landen, glaube ich.« Sie stützte die Ellenbogen auf den Tisch und faltete die Hände.

»Glaube ich auch.«

»Du solltest allerdings unbedingt deine Karre erneuern. Dein Eiswagen ist hoffnungslos altmodisch. Dabei ist es ganz wichtig, dass er auffällt, dass er gleich ins Auge springt. Bildlich gesprochen.«

Jan stützte sich wieder auf den Tisch. Sein Gesicht kam ihrem dabei sehr nahe. Ein Lächeln lag um seinen Mund.

»Was hast du eigentlich für ein Problem mit der Vergangenheit?«

»Ich habe gar kein Problem mit der Vergangenheit.« Sie musste an die Masseurin denken, die etwas vom Sitz der Vergangenheit im Rücken erzählt hatte. Vielleicht war ja doch etwas daran, und Jo litt deshalb so oft unter Verspannungen. Sie nahm einen weiteren Schluck.

»Ich finde einfach, dass der Eiswagen dringend ein Design mit Wiedererkennungseffekt braucht.«

»Den hat er doch. Das ist immerhin ein umgebauter Badekarren.«

Jo seufzte und rollte mit den Augen. »Ich meine es ernst ...«, setzte sie an.

»Ich auch«, fiel er ihr ins Wort. »Was denkst du denn?«

»Ich denke, du willst ein Franchise-Unternehmen aufziehen.« Ihr Ton wurde jetzt geschäftlich. »Da müssen alle Wagen gleich aussehen. Du kannst nicht selbst mit einem alten ... was?«

»Badekarren. Weißt du nicht, was das ist?«

»Keine Ahnung«, gab sie zu.

»Kann ja nicht wahr sein.« Jan schüttelte wieder den Kopf, wozu er sich gerade aufrichtete und endlich die Nähe zwischen ihnen auflöste. »Das sind Holzkabinen, mit denen die Leute früher in die Ostsee gezogen wurden. Sie konnten sich darin umziehen und dahinter schwimmen oder sogar darinnen in die Wellen steigen. Früher waren die Damen noch nicht so offenherzig wie heute«, ergänzte er lächelnd.

»Von mir aus.« Jo beeindruckte seine Geschichte kein bisschen. »Ich nehme an, die wenigsten Urlauber erkennen deine alten Kisten. Und wenn jede anders aussieht, ist der Wiedererkennungseffekt gleich null.«

»Blödsinn, die kriegen alle den gleichen Anstrich, werden auf die gleiche Art und Weise umgebaut ...«

»Woher willst du überhaupt mehr von den Dingern kriegen? Die gibt es doch bestimmt nicht an jeder Ecke.«

»Absolut nicht. Bis jetzt habe ich vier. Das reicht für den Anfang. Aber wenn's nachher läuft, brauche ich natürlich mehr.« Er ließ seinen Wein im Glas kreisen. »Willst du sie sehen?«, fragte er plötzlich.

»Die alten Kisten?«

»Karren, ja.«

»Jetzt?«

»Nein, morgen. Sie stehen bei mir im Schuppen. Ich wohne ja nicht weit vom Hotel entfernt. Du kannst vorbeikommen, wenn du Lust hast.«

»Klar«, sagte sie und hoffte sehr, nicht allzu interessiert zu klingen. In Wirklichkeit freute sie sich wie ein kleines Kind über die Einladung. Sie war mehr als gespannt darauf, zu sehen, wie er wohnte. Die Wohnung verriet ihrer Meinung nach

45

alles über einen Menschen. Um ihre Gefühle nicht preiszuge-
ben, vermied sie es, ihn anzusehen. Stattdessen starrte sie auf
die Papiermanschette auf dem Fuß ihres Bierglases und drehte
sie versonnen um den Stiel. Als sie schließlich doch aufsah,
stellte sie fest, dass Jan sie beobachtete. Er wirkte nachdenklich
und ernst. Ehe ihr etwas einfallen wollte, worüber sie sich unterhalten konnten, streckte er die Hand nach ihr aus. Er hob
für einen kurzen Moment ihr Kinn an, ließ seine Fingerspitzen
über ihren Hals gleiten und auf ihrer Schulter liegen. Jo lief
eine Gänsehaut über den Körper. Sie fürchtete, dass ihm das
nicht entgangen war. So machte er also die Urlauberinnen klar.

»Was tust du eigentlich im Winter?«, fragte sie, um die Inti-
mität zwischen ihnen aufzubrechen.

Jans Hand rutschte an ihrem Arm hinab und sank auf die
Bank. Erschöpft schloss er die Augen.

»Sag mal, heißt es nicht von Frauen immer, sie seien ro-
mantisch? Du bist ja wohl echt das lebende Gegenbeispiel!«

»Romantik ist Kitsch«, erklärte sie kategorisch. »Das ist so
altmodisch wie deine komischen Karren.«

»Aha«, machte er und verschränkte die Arme vor der Brust.

»Und was machst du nun im Winter?«, wiederholte sie ihre
Frage.

»In den Knast gehen.«

»Wie bitte?«

»Das ist eigentlich unsere Standardantwort. Sönkes und
meine«, erklärte er. »Weil wir nämlich den Nächsten, der uns
diese Frage stellt, umbringen.«

»Ist doch eine ganz normale Frage«, verteidigte Jo sich. »Ich
meine, im Sommer ist hier jede Menge los. Da kann sich auch

der gemeine Festländer vorstellen, was ihr Insulaner macht. Aber im Winter ... Da ist doch bestimmt Totentanz, oder?«

»Das ist hier nicht Disneyland, Josefine.«

Irgendwie war an diesem Abend aber auch wirklich der Wurm drin. Worüber sie auch immer sprachen – sie kamen auf keinen gemeinsamen Nenner. Und jetzt ärgerte sie sich, dass er erstens Josefine zu ihr sagte und sie zweitens behandelte, als wäre sie ein dummes Kind.

»Das sage ich ja auch gar nicht«, gab sie gereizt zurück.

»Was machst du denn im Winter?«

»In Hamburg spielen die Jahreszeiten keine Rolle. Da ist immer was los. Und meiner Arbeit ist es sowieso egal, ob Sommer oder Winter ist.«

»Siehst du«, sagte er und klang schon wieder versöhnlich, »das ist hier nicht anders. Im Winter sind im Hotel Arbeiten zu erledigen, für die im Sommer keine Zeit ist. Die Zimmer müssen renoviert werden, das Restaurant muss gestrichen werden. Irgendetwas ist immer. Und wenn Zeit übrig ist, bin ich unterwegs, um mir Badekarren anzugucken, die zum Verkauf stehen. Oder ich baue die Wagen weiter um. Langweilig ist es nie.«

Sie leerten schweigend die Gläser.

»Tja«, sagte Jo schließlich, »ich will dann mal langsam aufbrechen. Ich habe morgen früh gleich einen Massagetermin.« Verflixt, schon wieder so eine ausgesprochen dämliche Lüge. Er arbeitete im Hotel und konnte ihrer Ausrede, mit der sie diesen Abend beenden wollte, ziemlich leicht auf die Schliche kommen. »Nicht im Hotel«, fügte sie darum rasch hinzu. »Im Ort, äh, also außerhalb ... des Hotels.« Sie hätte sich an die Stirn schlagen mögen. Was war bloß los mit ihr?

»Ich bringe dich noch ein Stück.« Jan zog sein Portemonnaie aus der Hosentasche.

»Ich bezahle«, protestierte Jo.

»Du brauchst mir nicht beweisen, dass du emanzipiert bist.«

»Das hat doch damit nichts zu tun. Aber ich habe dich eingeladen. Du erinnerst dich?«

»Okay, wie du willst.«

Wieder gingen sie gemeinsam durch die Dunkelheit zum Hotel. Der Wind hatte nachgelassen. Wie es aussah, würde es morgen ein heißer Tag werden.

Als sie an einem kleinen Weg vorüberkamen, sagte Jan: »Hier wohne ich. Wenn du morgen kommen willst – ich bin gegen achtzehn Uhr bestimmt zu Hause.«

»Okay, mal sehen«, murmelte sie.

»Du gehst einfach ganz durch bis zum Ende des Weges. Wenn du denkst, da kommt kein Haus mehr, gehst du noch ein paar Schritte weiter, dann siehst du es auf der linken Seite. Soll ich es dir zeigen?«

»Nein, nein, das finde ich schon.«

Anscheinend hatte er nicht vor, sie heute bis vor ihre Unterkunft zu begleiten. Kein Wunder, sie hatte sich unmöglich benommen. Sie bedauerte, dann wohl auch auf einen Gute-Nacht-Kuss von seinen weichen Lippen verzichten zu müssen.

»Was ist heute bloß in deinem Kopf los? Du kannst vielleicht eine Kratzbürste sein«, sagte Jan und lachte. Dann griff er ihre Hände und küsste sie auf den Mund. Er schmeckte angenehm nach Wein. Jo kam auf den Geschmack, doch schon trat er einen Schritt zurück, ohne allerdings ihre Hände loszulassen.

»Du kannst aber auch ganz schön überheblich sein«, meinte sie.

»Nee, nee, das hört sich nur so an, wenn ich dummer Insulaner der klugen ... wie sagtest du, Festländerin ... den Kopf zurechtrücken muss.«

Bevor sie etwas einwenden konnte, sprach er weiter: »Gib's zu, du hast mich für ein blödes Land-Ei gehalten.«

Es war ihr äußerst unangenehm, dass er der Wahrheit so nahekam. Das bedeutete immerhin, dass ihr ihre Fehleinschätzung regelrecht auf der Stirn gestanden hatte.

»Quatsch«, protestierte sie.

»Sei ehrlich«, sagte Jan und drohte mit dem Zeigefinger. Schon wieder so eine Geste, die irgendwie nicht natürlich war. Konnte es sein, dass er im Umgang mit Frauen so scheu war? Die Art, wie er lachte, wie er sie mit gesenktem Kopf ansah, legte diese Vermutung nahe. Jo ließ es darauf ankommen.

»Wenn ich ganz ehrlich sein soll, habe ich dich für einen Aufreißer gehalten. Für einen, der in jeder Saison diverse Urlauberinnen verschleißt.«

»Haha!« Jan schien wirklich überrascht von ihrer Offenbarung zu sein. »Nee, das stimmt nicht. Nee, absolut nicht.« Er schüttelte belustigt und ein wenig verschämt den Kopf.

»Na ...«, machte Jo, als hätte sie noch Zweifel. In diesem Moment sah er rührend hilflos aus. Sie trat einen Schritt auf ihn zu. »Dabei hättest du bestimmt Chancen«, sagte sie leise und küsste ihn. Er ließ ihre Hände los und legte die Arme um ihre Taille. Sie fuhr spielerisch mit der Zunge über seine vollen Lippen, die ihr ausgesprochen gut gefielen. Er reagierte prompt und erkundete nun seinerseits ihre Lippen, ihren Mund mit seiner Zunge. Jo schlang die Arme um seinen Nacken. Er hielt sie fest, küsste ihren Hals und ihre Schulter. Wie zufällig schob er dabei den Spaghettiträger zur Seite, so dass er ihr auf den Arm rutschte. Sie seufzte tief, legte den Kopf zurück und hoffte, dass er nicht aufhörte. Jan verstand die Einladung nur zu gut und biss ihr sanft in den Hals. Sie stöhnte.

»Ich sollte jetzt besser gehen«, flüsterte sie mit geschlossenen Augen. »Sonst komme ich heute gar nicht mehr ins Hotel.«

»Okay«, sagte er, schob ihren Träger wieder an seinen Platz und küsste sie auf die Wange. »Wir sehen uns ja morgen.« Damit ließ er sie los.

Falsche Antwort, dachte Jo. Es war doch ganz egal, ob sie in ihrem Hotel auftauchte oder nicht. Aber sie würde sich ihm bestimmt nicht aufdrängen.

»Eben«, sagte sie. »Also dann ...« Sie drehte sich um.

»Josefine?«

Diesmal war sie nicht ärgerlich, dass er ihren vollständigen Namen benutzte. Wenn er ihn aussprach, klang es irgendwie schön.

»Ja?«

»Ich mache das nicht jedes Jahr mit mehreren Urlauberinnen«, sagte er ernst. »Ich mag dich einfach. Das ist alles.«

Sie lächelte. »Gute Nacht.«

Die Hitze kam mit Macht zurück. Keine noch so kleine Wolke unterbrach das Dauerstrahlen der Sonne. Eigentlich hatte Jo sich ganz fest vorgenommen, einen guten Werbeslogan für Eis am Strand zu entwickeln, aber ihr Hirn streikte. Im Schatten zu liegen und ein paar Postkarten zu schreiben, das war das

Höchste, was sie ihrem kreativen Geist abringen konnte. Schon früh kehrte sie in ihr Hotel zurück, um in Ruhe zu duschen und sich einzucremen. Zwischendurch lief sie mehrmals zum Fenster und blickte auf den Strand hinaus, um nach einem kleinen Eiswagen Ausschau zu halten. Sie freute sich auf Jan. Tatsächlich entdeckte sie ihn, als sie gerade, ein Handtuch als Turban um die Haare gedreht, durch ihr Zimmer huschte. Er hatte offenbar schon seine Kunden an diesem Strandabschnitt versorgt und schob gerade weiter zum nächsten Abschnitt.

Jo schlüpfte in knappe Spitzenunterwäsche. Entweder war er ein raffinierter Bursche, einer, der von Gefühlen und Romantik sprach und doch nur eins im Sinn hatte, oder er war wirklich einer von der schüchternen Sorte, der noch nicht viele Erfahrungen mit Frauen hatte. Dann war er allerdings ein Naturtalent. So oder so, seit der letzten Nacht hatte Jo Schmetterlinge im Bauch, die sie nicht so schnell wieder abschwirren lassen wollte. Sie band ihren Wickelrock um und schlüpfte in ein luftiges Seiden-Top. Warum sollte sie nicht endlich mal wieder eine Affäre haben, sich auf einen Mann einlassen, wenn es auch nur für zwei Wochen war? Es gab niemanden, dem sie Rechenschaft schuldig gewesen wäre. Von Tom hatte sie sich vor knapp einem Jahr getrennt. Zweieinhalb Jahre waren sie ein Paar gewesen, hatten wirklich jede Menge Spaß miteinander gehabt. Doch als dann ihr Vater erkrankte und schließlich starb, hatte Tom sich nicht gerade als zuverlässiger Partner erwiesen. Nur einmal hatte er sie ins Krankenhaus begleitet. Auch während der letzten Tage von Otto Niemann, die er zu Hause im zum Krankenzimmer umgerüsteten Esszimmer verbrachte, hatte Tom sich kaum blicken lassen und vorgeschoben, dass die Familie doch gewiss unter sich bleiben wolle.

»Du gehörst doch zur Familie«, hatte Jo zu ihm gesagt. Also kam er einmal – ihr zuliebe. Anschließend jammerte er, er könne den eigentümlichen Geruch nicht ertragen. Zur Beerdigung war er zwar an ihrer Seite gewesen, aber als er sie dann gefragt hatte, wie lange die Veranstaltung noch dauern würde, war es gewesen, als hätte er in Jo eine Tür zugeschlagen. Das war der Anfang vom Ende ihrer Beziehung gewesen. Einige Tage später hatte er ihr auch noch vorgehalten, es müsse mit der Trauer irgendwann einmal wieder gut sein. Jo war fassungslos gewesen.

»Ich verstehe dich nicht«, hatte er gereizt gesagt. »Du hast so oft über deinen Vater geschimpft. Und jetzt hängst du hier rum wie ein Trauerkloß.«

»Man kann doch jemanden trotzdem lieben, obwohl man über ihn schimpft«, hatte sie erwidert und mit den Tränen gekämpft. »Ich vermisse ihn einfach.«

Was folgte, war ein hässlicher Streit, in dem Jo begriff, wie wenig er sie je verstanden hatte und wie wenig ihm das bedeutete. Also hatte sie ihn zum Teufel geschickt.

Trotz der Wut und Enttäuschung hatte es eine geraume Zeit gedauert, bis sie über die Trennung hinweg war. Sie stopfte Unmengen von Gummibärchen in sich hinein, arbeitete noch mehr als vorher und verbrachte ihre Abende meist vor dem Fernseher, wo sie sich von Actionfilmen mit möglichst vielen Schießereien und Verfolgungsjagden berieseln ließ. Diesen Zustand hielt sie ein knappes halbes Jahr aus, dann blieb der Bildschirm immer öfter dunkel, und sie hatte wieder zu lesen begonnen.

Es war bereits halb sieben, als Jo das Hotel verließ. Sie wollte auf keinen Fall zu früh bei Jan auftauchen. Die drückende Wärme schlug ihr wie ein nasser Lappen entgegen, als sie das klimatisierte Foyer hinter sich ließ. Kaum dass sie die Terrasse überquert hatte und die Stufen hinabgeschlendert war, stand ihr schon der Schweiß auf der Stirn. Sie gab ihrer mühevoll geföhnten Frisur noch ungefähr sechzig Sekunden, bis sie sich in klebende Strähnen mit einer großen Portion Eigensinn verwandeln würde. Sei's drum. Niemand sah in dieser Waschküchen-Luft besser aus.

Jo ging die Dorfstraße entlang, die ihr nun schon so vertraut erschien. Dabei hatte sie sie vor wenigen Tagen erst zum ersten Mal gesehen. Sie bog links in den Weg ein und kam an der Stelle vorbei, an der er ihr gestern so vielversprechend in die Schulter gebissen hatte. Allein die Erinnerung gab ihr ein Gefühl, das sie sonst nur hatte, wenn sie in einer Achterbahn gerade vom höchsten Punkt in die Tiefe rauschte. Sie freute sich auf eine Fortsetzung, während sie zwischen Hotels und einem Restaurant entlangspazierte. Ein Gebäude zog ihre Aufmerksamkeit auf sich. Es war rot gestrichen, hatte in der Mitte eine schräg angesetzte Fensterfront, die vom Dach bis zur Erde reichte, und runde Anbauten. *Klanggalerie Das Ohr,* stand auf einem Schild. Was es nicht alles gab! Nein, das war nichts für sie, dachte Jo, aber dann erinnerte sie sich wieder an die Sphärenklänge, mit denen sie in der Salzwasserwanne beschallt worden war. Warum eigentlich nicht? Sie würde diese Galerie der offenbar etwas anderen Art vielleicht einmal besuchen, wenn es weniger heiß war.

Wie Jan angekündigt hatte, konnte man meinen, es gäbe

kein weiteres Haus an diesem Weg. Doch dann signalisierte ein Zaun auf der linken Seite, dass hier doch noch jemand wohnte. Die Latten waren abwechselnd blau und weiß gestrichen, auch die Veranda, die nun in Jos Blickfeld trat, war blau und weiß angemalt, das Haus selbst war sonnengelb. Jo stockte der Atem. Nicht etwa, weil Jan es offensichtlich sehr farbenfroh mochte, sondern weil sie dieses Haus kannte. Wenn sie sich nicht täuschte, musste im Garten ein zweites, kleines Gebäude stehen. Richtig. Da war der schmale blau getünchte Bau, auf dessen Front ein Leuchtturm gemalt war. Ihr Vater hatte das Ensemble mehrmals auf Leinwand gebannt, einmal auch das blaue Häuschen mit dem Leuchtturm alleine, wenn sie sich recht entsann. Sie hätte nie geglaubt, dass die Gebäude auch in der Wirklichkeit so bunt waren. Jo erinnerte sich, dass es auf den Bildern immer so ausgesehen hatte, als gäbe es an der Stelle, wo das Leuchtfeuer des Turms hätte sein müssen, ein echtes Fenster. Und so war es. Das echte Fenster war raffiniert in den gemalten Leuchtturm integriert. Sein Geländer dagegen bestand nur aus Farbe, eine gelungene Verwirrung des Auges.

Jo konnte sich kaum vom Anblick des Grundstücks und allem, was dazu gehörte, lösen. Einerseits war ihr alles fremd, andererseits jedoch so vertraut wie ein Spielzeug aus Kindertagen. Sie entdeckte die Stockrosen, die an der Seite der Veranda üppig blühten. Ihre Köpfe waren schwarz. Jo hatte das der künstlerischen Phantasie ihres Vaters zugeschrieben. Doch nun stand sie vor den samtig-schwarzen Kelchen, die in großer Zahl von kräftigen hellgrünen Stielen in die Höhe ragten.

Sie verharrte fasziniert. Es konnte doch kein Zufall sein, dass Jan ausgerechnet in dem Haus wohnte, das von ihrem Vater mehrfach gemalt worden war. Auf der anderen Seite: Welche logische Erklärung sollte es dafür geben? Jo nahm am Rande wahr, dass die Haustür geöffnet wurde. Besser gesagt, sie nahm wahr, dass sich die obere Hälfte der Tür öffnete.

»Du hast doch hoffentlich keine Angst vor Hunden, oder?« Jans Oberkörper tauchte über der verbliebenen Pforte auf.

»Nein, solange er mich nicht zerfleischt«, rief sie zurück.

Sie hatte noch nicht ausgesprochen, da wurde auch der Rest der Tür geöffnet, und ein kleiner Hund stürmte über den Rasen zur Einfahrt, wo der Käfer geparkt war und auf dem sandigen Weg auf sie zu. Übermütig sprang er zwei Schritte von ihr entfernt mit beiden Vorderpfoten gleichzeitig in die Luft, landete, was eine stattliche Staubwolke aufwirbelte, und rannte zurück zu Jan. Dort angekommen, hüpfte er wiederum auf der Stelle und tobte sofort erneut durch den Garten und vom Grundstück.

»Das ist Max«, stellte Jan seinen Hund vor, der außer sich war vor Aufregung, aber keinen Ton von sich gab. »Hereinspaziert!«, rief er. »Schön, dass du gekommen bist.« Und zu Max sagte er: »Und du beruhige dich mal wieder.«

Jo kam an Jans altem Käfer vorbei zum Haus. Max lief noch ein paar Mal hin und her und warf sich dann vor ihr auf den Rücken, damit sie ihn kraulen konnte.

»Der ist ja drollig. Ist er noch jung?« Jo hockte vor dem fuchsbraunen Tier mit den weißen Pfoten und riesigen Ohren, die er aufmerksam gespitzt hatte. Er hatte kein Gramm zu viel auf den Rippen, war fast ein wenig zu dünn und reichte Jo etwa bis kurz über das Knie, wenn er denn mal still stand.

»Etwas über ein halbes Jahr, schätze ich.«

»So jung und du magst ihn trotzdem?«, neckte sie.

»Älter wird er von allein«, entgegnete Jan. »Ich habe ihn im Januar kurz vor Dierhagen aufgesammelt. War wohl ein Weihnachtsgeschenk, um das sich keiner kümmern wollte.«

»O nein, wer bringt denn so etwas über das Herz?« Jo kraulte ihm mit noch mehr Hingabe die Brust, was sich der kleine Kerl gerne gefallen ließ.

»Ich denke darüber nach, ihn auch wieder auszusetzen.«

»Was?« Jo starrte ihn an.

Er seufzte tief. »Seit er bei mir lebt, haben alle nur noch Augen für ihn. Ich werde nicht mal mehr begrüßt.«

Sie lächelte, stand auf und küsste ihn auf die Wange. »Hallo«, sagte sie.

»Hallo«, antwortete er und küsste sie auf den Mund.

»Die Tür ist witzig«, sagte sie, als er sie frei gab.

»Eine Klöntür«, erklärte er. »Die gibt es hier an jeder Ecke. Seit Max hier wohnt, weiß ich die richtig zu schätzen. Komm!« Er legte ihr die Hand auf die Taille und führte sie ins Haus. In der Diele, deren rötlich-brauner Steinfußboden angenehme Kühle abstrahlte, stand ein antikes Eichen-Büfett. Die Türen des Unterteils waren aufwendig geschnitzt, der Aufsatz hatte Glastüren, in denen sich die Muster der Schnitzereien wiederholten. Die Ablagefläche dazwischen war mit blau-weißen Kacheln belegt, die stolze Segelschiffe zeigten.

»Original Delfter Fliesen«, sagte Jan im Vorbeigehen. »Sind dir bestimmt zu altmodisch.«

»Gar nicht«, protestierte Jo. »Die sind toll!«

»Mein Vater hat sie gesammelt und die einfachen Kacheln, die mal auf dem Büfett waren, durch sie ersetzt. Von ihm habe ich wohl die Vorliebe für alte Dinge geerbt.«

Sie gingen weiter ins Wohnzimmer, das den gleichen Stein-fußboden hatte wie die Diele. Durch die große Schiebetür aus Glas, die hinaus auf die Terrasse führte, und die großen Fenster hatte die Hitze ungehindert eindringen und den Raum in eine Sauna verwandeln können.

»Möchtest du etwas trinken?«

»Gern. Es ist so drückend heute, das ist ja kaum zu ertragen.« Jo fasste den Ausschnitt ihres Oberteils und fächelte sich damit Luft an den Oberkörper, während Jan in die Küche ging.

Von dort rief er: »Das hat absoluten Seltenheitswert, wenn auf dem Darß mal totale Flaute herrscht. Ich hatte vorhin schon sämtliche Türen auf, aber das bringt absolut nichts.«

»Kein Wunder, die Luft steht.« Sie schob die Unterlippe vor und pustete sich in den Pony. Das Sofa, ein Koloss, der eine Ecke des großen Raums ausfüllte, sah alt aber sehr gemütlich aus. An einer kompletten Wand erstreckte sich ein Bücher-regal, das um die Zimmertür herum gebaut war. Dann gab es noch eine Ecke gegenüber dem Sofa, in der sich Musikanlage und Fernseher befanden. Von moderner Unterhaltungselektronik verstand Jan etwas, daran gab es keinen Zweifel. Dabei hatte sie schon ein Grammophon erwartet. Jo ging zu den Büchern und studierte die Rücken.

»Die gehören nicht alle mir«, sagte Jan, der mit zwei Gläsern und einer Flasche zurückkam. »Einige davon sind von meinem Vater.«

Sie ließen sich auf der Terrasse auf zwei Liegestühlen nieder.

»Bloß nicht bewegen«, keuchte Jo.

Der Hund schloss sich ihrer Meinung an und verkroch sich nach drinnen.

»Max liegt schon den ganzen Tag im Keller.« Jan lachte. »Das ist der kühlste Platz im Haus.«

»Vielleicht sollten wir auch umziehen«, schlug Jo vor und fächelte sich mit der Hand vor dem Gesicht herum.

Einen Moment sagten beide nichts. Die Stille war dieses Mal jedoch nicht ansatzweise so unangenehm wie am Abend zuvor. Bienen und Hummeln summten und brummten in den Stockrosen und den Fliederbüschen, die bald verblüht sein würden und an ihren letzten Tagen geradezu verschwenderisch ihren schweren süßen Duft verströmten. Hier und da sang schon ein Star und kündigte den Abend an.

»Dein Haus ist sehr schön«, begann Jo. »Hast du es so bunt bemalt?«

»Nein, das war mein Vater. Er ist Maler. Ihm gehört das Haus.«

»Ach. Er ist Maler? Also so richtig, meine ich? Lebt er davon?«

Jan lachte. »Allerdings.«

»Das ist komisch, weißt du ...« Jo wusste nicht, wie sie es sagen sollte. Diese Parallele ... sein Vater und ihrer malten beide. Und dann dieses Haus, das sie bereits von Bildern kannte. »Mein Vater war ja auch Maler, aber nur nebenbei. Es war sein Hobby. Er hat dieses Haus gemalt. Ist das nicht komisch?«

»Findest du?«

»Ja, das kann doch kein Zufall sein. Es war mehrfach sein Motiv. Vielleicht kannten sie sich. Unsere Väter, meine ich.«

»Glaube ich kaum.«

»Aber warum sollte mein Vater dann gerade ...?«

»Eine Zeit lang haben das alle gemalt. Das Atelier meines

Vaters, das kleine Gebäude mit dem Leuchtturm, hat ihnen einfach gefallen. Also stand jede Woche einer mit seiner Staffelei auf dem Weg und hat sich eine Skizze gemacht. Das ist hier absolut normal.«

»Aber das Haus liegt nicht gerade auf dem Präsentierteller«, wandte Jo ein. »Man muss doch ganz gezielt hierherkommen.«

»Ach was«, Jan winkte ab, »früher oder später entdecken es alle. Das ist immer so: Erst werden die Dünen und der Strand gemalt, die Ostsee. Dann ist irgendwann der Bodden dran, und dann ziehen sie mit ihren Blöcken los und suchen nach Motiven, die nicht alle haben, nach besonderen Häusern oder Stillleben. Kein Winkel ist vor ihnen sicher. Und das gilt auch für Privatwege.« Er lachte. »Ich könnte mich amüsieren, wenn sie wie die Detektive hier herumschleichen. Du kannst an ihren Gesichtern sehen, dass sie glauben, sie hätten etwas entdeckt, das noch niemand vor ihnen gesehen hat. Irgendwann ziehen sie strahlend ab, und schon kommt der Nächste angeschlichen. Echt komisch! Als ob einer glaubt, er habe eine Erstbesteigung vorgenommen, und auf der anderen Seite des Gipfels steht schon ein Kiosk.«

Jo nahm einen Schluck. Wahrscheinlich hatte er recht. Ihr Vater hatte nichts mit diesem Haus zu tun, alles nur Zufall. So groß war diese Halbinsel schließlich nicht. Da hatte jeder irgendwann jeden Stein gemalt. Vor allem, wenn einer jedes Jahr mindestens vier Wochen hier verbrachte.

»Wer sich in der Malerei auskennt, ist tatsächlich ganz gezielt gekommen«, erzählte Jan weiter. »Hier steht zwar nirgends ein Schild, aber in der Szene weiß man natürlich, dass *der Turm* das Atelier meines Vaters ist.«

Jo gehörte eindeutig nicht zur Szene und hatte keine Ahnung, wer Jans Vater sein könnte, ob sie seinen Namen überhaupt schon gehört hatte. Sie traute sich nicht, danach zu fragen.

Nach einer Weile konnte sie ihre Neugier dann doch nicht im Zaum halten. »Lebt er denn auch hier? Dein Vater, meine ich.«

»Nicht mehr. Bis vor ungefähr zwei Jahren oder drei ist er immerhin noch für ein paar Wochen zum Malen auf den Darß gekommen. Aber jetzt war er lange nicht mehr da. Er schwirrt wahrscheinlich in London oder New York rum. Keine Ahnung ...«

Jo fragte sich, was das für ein merkwürdiges Verhältnis zwischen Vater und Sohn war. Sie überlegte angestrengt, wie sie mehr über Jans Familienleben erfahren konnte, ohne taktlos oder aufdringlich zu wirken.

»Du hast noch nicht gegessen, hoffe ich«, wechselte Jan abrupt das Thema.

»Nein.«

»Gut.« Er stand auf. »Ich habe Pangasiusfilet für uns geholt. Du magst doch Fisch?«

»Ja. Kann ich dir helfen?«

»Nö, bleib einfach hier liegen.« Er beugte sich für einen schnellen Kuss zu ihr herunter, als er an ihr vorbeiging.

Dann war Jo allein. Sie überlegte, ob sie in die Küche gehen und ihm Gesellschaft leisten sollte. Oder sie könnte sich die Bücher im Wohnzimmer in aller Ruhe ansehen. Vielleicht verrieten sie etwas über den geheimnisvollen Maler, der Jans Vater war. Sie tat nichts von beidem, sondern schloss die Augen und konzentrierte sich auf die Geräusche und Gerüche des Sommers. Sie versuchte, sich den Moment intensiv einzuprägen. Vielleicht konnte sie ihn zurück in Hamburg in ihren Gedanken wiederbeleben, wenn es wieder einmal hoch her ging. Ein Stückchen Darß-Entspannung zum Mitnehmen, gewissermaßen.

Sie erwachte, als etwas Feuchtes ihre Hand berührte. Verwirrt öffnete Jo die Augen. Max stand schwanzwedelnd vor ihr.

»Hey«, flüsterte sie und streichelte ihm über den Kopf.

Jan saß ihr gegenüber auf einem der Gartenstühle. Der Tisch war bereits gedeckt, und jetzt nahm Jo auch einen Duft von Kräutern und gebratenem Fisch wahr.

»Ich muss wohl eingeschlafen sein«, erklärte sie überflüssigerweise. »Warum hast du mich nicht geweckt?«

»Du hast doch Urlaub. Ich habe angenommen, du brauchst den Schlaf. Außerdem hätte ich dich jetzt geweckt, wenn Max mit seiner feuchten Nase mir nicht zuvorgekommen wäre. Das Essen ist nämlich fertig.«

»Mmhh, das riecht man. Da läuft einem ja das Wasser im Mund zusammen.«

»Dann kann's ja losgehen.« Er stand auf, verschwand im Haus und kam kurz darauf mit einer Platte wieder, auf der Fischstücke und Gemüse lagen. Der Fisch hatte weißes Fleisch, das knusprig braun angebraten war. Das Gemüse war mit frischen Kräutern bestreut und mit Butter übergossen. Er füllte ihren Teller.

»Guten Appetit.«

»Danke.« Sie probierte. »Kompliment«, sagte sie, »du kochst gut!«

»Überrascht?«

»Na ja, ein bisschen schon«, gestand Jo.

»Das Eis mache ich doch auch selbst.«

Sie nickte. Sie wollte auf keinen Fall, dass er schon wieder der Meinung war, sie würde ihm nichts zutrauen.

»Pangasius«, sagte sie darum schnell, »nicht gerade typisch für die gute alte Ostsee, was?«

»Tja, leider schwimmt hier nicht mehr viel rum«, seufzte er und schob sich eine Gabel in den Mund. »Im Moment kannst du nicht mal mehr Hering kaufen, weil der sonst ausstirbt«, erklärte er schlicht.

Jo nickte erneut und aß schweigend. Sie ärgerte sich darüber, dass sie sich in seiner Gegenwart nicht zum ersten Mal schrecklich dumm vorkam. Es hatte den Anschein, als wüsste Jan in jeder Situation Bescheid, als würde er nahezu instinktiv ohne großes Aufhebens immer das Richtige tun. Da fiel ihr ein Bereich ein, in dem sie ihn locker in die Tasche stecken konnte: Werbung. Genau deshalb war sie schließlich hier.

»Ich wollte dir heute eigentlich einen fertigen Werbeslogan für dein Eis-Unternehmen mitbringen, als Gastgeschenk sozusagen«, begann sie. »Aber es war wohl zu heiß, jedenfalls ist mir noch nichts Griffiges eingefallen.«

»Kein Problem, das ist nicht so wichtig.«

»Doch, klar ist das wichtig. Es ist sogar das Wichtigste überhaupt.«

»Ich dachte, es käme auf die Qualität der Eiscreme an«, meinte er.

»Nicht so sehr, die ist zweitrangig.«

»Haha!« Jan warf den Kopf zurück und prustete. »Das kann nicht dein Ernst sein. Wenn nur der Werbespruch gut ist, kannst du den Leuten Schrott verkaufen?«

»Moment, das habe ich nicht gesagt. Zweitrangig ist nicht gleichbedeutend mit unerheblich. Was ich meine, ist nur, dass die Leute erst die Werbung wahrnehmen und dann dein Eis probieren. Nicht umgekehrt. Also steht die Werbung an erster Stelle.«

»Nimm's nicht persönlich«, sagte er, noch immer lachend, »aber ihr Werbetypen seid echt schräg drauf.«

Jo war nicht mehr zu bremsen. »Du bist nicht der Erste, der an der Bedeutung einer richtig guten Marketing-Strategie zweifelt. Das kenne ich schon. Vor allem bei älteren Firmenbossen, die das Geld sparen wollen.« Sie sah, dass er die Augenbrauen anhob. »Nimm's nicht persönlich«, sagte sie schnell und lächelte ihn zuckersüß an.

»Ich zeige dir jetzt erst mal meine Badekarren, bevor es nachher dunkel ist.« Er stand auf, nahm die Platte und die beiden leeren Teller. »Komm!«

Sie gingen durch das Haus, in die Garage und von dort in den Schuppen. Max begleitete sie. Die übermannshohen Karren standen dicht gedrängt, denn viel Platz gab es in diesem Anbau nicht, der an die Garage gesetzt worden war.

»Sie waren alle Anfang des zwanzigsten Jahrhunderts im Einsatz«, erzählte Jan und strich mit der Hand über ein Exemplar aus unbehandeltem Holz, das auf Ziegelsteinen stand, weil ihm die Räder fehlten. Ein anderer Karren war einmal blau, ein weiterer rosa gestrichen gewesen. Der vierte Wagen gefiel Jo am besten. Seine senkrecht montierten Bretter waren abwechselnd blau und weiß lackiert, und er hatte ein dunkelblaues Dach.

»Der ist schön«, sagte sie begeistert.

»Den muss ich noch komplett abschleifen. So einen Lack gab es früher nicht.«

»Übertreibst du nicht ein bisschen? Früher wurde in den Dingern schließlich auch kein Eis transportiert.« Jo freute sich diebisch über ihr Argument.

»Stimmt schon«, meinte er und legte den Zeigefinger an die Lippe.

»Ich finde, das Design passt gut zu Eis.«

»Im nächsten Winter werde ich die Dächer abnehmen, die Karren kürzen. Dann müssen die Kühleinheiten eingebaut und die Dächer mit Scharnieren als Deckel wieder aufgesetzt werden.« Er schnaufte bei dem Gedanken an die bevorstehende Arbeit.

»Dann weiß ich ja, was du im Winter so treibst«, sagte Jo, hakte sich bei ihm unter und gab ihm einen Kuss auf die Wange.

»Ich könnte Hilfe gebrauchen«, gab Jan zurück und sah sie ernst an.

»O je, ich fürchte, ich habe zwei linke Hände.«

Sie gingen zurück auf die Terrasse. Es war nicht mehr ganz so heiß, aber noch immer drückend. Donnergrollen in der Ferne kündigte ein Gewitter an.

»Ich habe noch mal nachgedacht. *Eis am Strand* ist vielleicht gar nicht so schlecht. Aber wir sollten trotzdem noch überlegen. Eventuell lässt sich etwas mit deinem Namen machen ... *Jans Eis* geht natürlich gar nicht. Aber dein Nachname vielleicht ...«

Er ging nicht darauf ein: »Es geht doch nicht um meine Person.«

Jo ließ sich nicht beirren. »Nein, aber manchmal bietet sich das an, wenn aus dem Namen etwas Witziges zu machen ist.« Sie grübelte, das Grummeln in der Ferne wurde stärker. »Hoffentlich reinigt das Gewitter die Luft«, sagte sie abwesend.

Jan zündete zwei Fackeln an, die vor der Terrasse im Boden steckten.

»Wie wäre es mit *Darß Eis* mit einem Ausrufezeichen dahinter? Das klingt dann, wie *Das Eis*. Das Ausrufezeichen verstärkt die Wirkung, also: *Das Eis überhaupt!*«

»Hm.« Er klang wenig begeistert.

»Du hast recht, das haut noch nicht vom Hocker. Wir sollten ganz von vorn anfangen. Ich kann dich wohl nicht überzeugen, die Wagen etwas trendiger zu gestalten?«

»Nein, absolut nicht. Die Leute mögen meinen Wagen, gerade weil er so nostalgisch ist.«

Jo seufzte. »Woher willst du das wissen?«

Ein Blitz zuckte über den Himmel.

»Weil sie das sagen.«

»Vielleicht sind sie nur freundlich und wissen nicht, was sie sonst sagen sollen, während sie auf ihr Eis warten.«

»So ein Blödsinn.« Jan verschränkte die Arme vor der Brust und sah sie trotzig an.

Jo wusste, dass sie so nicht weiterkam, daher änderte sie die Taktik.

»Also schön, du willst also die alten Wagen auch alt präsentieren.«

»Nostalgisch«, korrigierte er.

»Meinetwegen auch nostalgisch. Obwohl ich schon bei dem Wort Ausschlag bekomme.« Sie zog ein Gesicht und hoffte, dass er ihren Scherz als solchen verstand. Leider sah er nicht besonders amüsiert aus.

»Na gut, wenn schon, dann aber auch richtig.«

»Was meinst du?« Er beugte sich vor und legte die verschränkten Arme auf den Tisch. Das zeigte zweifelsfrei, dass er anbiss. Jo war auf dem richtigen Weg.

»Als ich deinen Wagen zum ersten Mal gesehen habe, dachte ich, der müsste dringend überholt werden.«

Er holte Luft, vermutlich, um ihr kräftig seine Meinung zu sagen, aber er kam nicht dazu. Fast gleichzeitig schoss ein Blitz über den Nachthimmel, krachte ein Donnern auf sie nieder. Max, der bis dahin nur ab und zu die Ohren bewegt, ansonsten aber erstaunlich entspannt zwischen ihnen auf der Terrasse gelegen hatte, sprang auf, klemmte den Schwanz ein und lief mit eingezogenem Kopf ins Haus.

Auch Jo war vor Schreck zusammengefahren. »Meine Güte«, keuchte sie, »vielleicht sollten wir besser reingehen.«

»Das zieht vorbei.«

»Wo waren wir stehen geblieben? Ach ja ... Was ich meine, ist, es ist nicht auf den ersten Blick klar, dass es sich um einen echt antiken Badekarren handelt. Woher kommen eure Gäste? Aus Nordrhein-Westfalen, aus Bayern?«

»Zum Beispiel.«

»Eben. Die kennen doch gar keine Badekarren. Vielleicht vom Hörensagen, aber doch nicht in natura. Du müsstest ein Bild darauf malen, das eines dieser Dinger zeigt, wie sie früher im Einsatz waren.« Ihre Phantasie machte sich selbständig. »Und auf der anderen Seite ist ein Eiswagen zu sehen, wie man ihn früher hatte. Genau, das ist perfekt.«

Jan schien sich den Vorschlag durch den Kopf gehen zu lassen und meinte dann: »Das könnte wirklich hübsch werden. Ist ja gar nicht alles Mist, was du dir so ausdenkst.«

Sie schnappte nach Luft. Wieder blitzte und knallte es. Die Abstände wurden immer kürzer, das Gewitter musste fast über ihnen sein.

»Ich denke mir überhaupt keinen Mist aus. Für Mist bekommt man ganz sicher keinen Silbernen Nagel vom Art Directors Club.«

»Oho«, machte er spöttisch. »Wem hast du denn den Nagel auf den Kopf geschlagen?«

»Sehr witzig!« Sie schmollte kurz, musste ihm dann aber sofort erzählen, welche landesweit veröffentlichte Kampagne von ihr war. Dann würde er endlich begreifen, dass er sich glücklich schätzen konnte, von einem Profi wie ihr beraten zu werden. »Von mir ist die Werbung für Knoblauchsoße, die in Zeitschriften, auf Plakaten und sogar im Fernsehen war. Du erinnerst dich bestimmt: *Knoblauch-Dip von Hamann – selbst für sie zu scharf!* Dazu ein Bild von einem Double von Angelina Jolie mit diesen typischen Schmolllippen, natürlich knallrot angemalt. Unter dem Porträt stand: *A. Joli, Schauspielerin.*« Sie sah ihn erwartungsvoll an. »Du erinnerst dich?«

»Nö, glaube nicht.«

»Den konnte man doch gar nicht übersehen«, ereiferte Jo sich. »Ist ja egal. Jedenfalls ist das doch ein Knaller, oder nicht?«

Er sah sie ungerührt an. »Na ja ...«

»Verstehst du nicht? Knoblauchsoße, A. Joli, geschwollene Lippen, als hätte sie etwas gegessen, das zu scharf für sie war.«

Jan lehnte sich über den Tisch. »Ich bin nicht blöd«, sagte er mit Nachdruck. »Ich habe das schon verstanden. Aber mal ehrlich: Schreibt sich der Knoblauch-Dip nicht mit i?«

Sie stöhnte genervt, begleitet von einem Donner, der geradewegs über ihre Köpfe hinweg zu rollen schien. »Darum geht es doch gar nicht. In der Werbung werden Gedankenbrücken hergestellt, Assoziationen. Darauf kommt es an. Es wurden ja auch schon oft genug neue Wörter kreiert, die es vorher nicht gab. Unkaputtbar zum Beispiel. Das ist inzwischen in den Wortschatz übergegangen.«

»In meinen nicht.«

»Herrgott, du bist aber auch stur!« Allmählich ging er ihr wirklich auf die Nerven. »Es muss dir ja nicht gefallen, aber es ist super angekommen.«

»Woher willst du das wissen?«

»Für so etwas gibt es Testläufe, Umfragen. Die Probanden haben die Kampagne positiv bewertet.«

»Vielleicht wollten sie nur freundlich sein.«

Jo stand kurz vor der Explosion. Doch dann erhellte ein Gewitterleuchten den Himmel, und sie sah das Funkeln in seinen grauen Augen. Er wollte sie provozieren. Das sollte ihm nicht gelingen.

»Der Umsatz ist um zweiundzwanzig Prozent gestiegen. Meinst du, das ist auch mit reiner Freundlichkeit zu erklären?« Sie lächelte ihn triumphierend an.

»Ich hole uns mal ein Eis. Das kühlt dein Temperament ein bisschen ab.«

Als Jan an ihr vorbeigehen wollte, stellte sie ihm ein Bein in den Weg. Ihr war bewusst, dass der Stoff ihres Wickelrocks dabei auseinander glitt und den Blick auf ihre Beine bis zum

Oberschenkel frei gab. Gut so. Wenn er sowieso resistent gegen ihre Beratung war, würden sie eben zum privaten Teil des Abends übergehen. Er musste stehen bleiben, um nicht zu stolpern. Sie griff nach seinem Arm und zog ihn zu sich heran.

»Bist du sicher, dass du mein Temperament abkühlen willst?«

»Um ehrlich zu sein: nein.« Er stützte sich auf die beiden Lehnen ihres Stuhls und küsste sie.

Jo fühlte sich vom fordernden Spiel seiner Zunge augenblicklich elektrisiert. Die Fackeln vor dem schwarzen Himmel und die zuckenden Blitze taten ein Übriges. Jan setzte sich behutsam auf ihre Knie. Sie umfasste seinen Po und zog ihn dichter zu sich heran. Sie spürte den rauen Stoff seiner ausgefransten Jeans auf ihrer Haut und atmete seinen Geruch ein.

»Wonach duftet dein Haar?«, fragte er und wühlte sein Gesicht in ihre Locken, die sich längst in alle Richtungen kringelten.

»Kokos«, hauchte sie und stöhnte auf, als er eine Hand auf ihre Brust legte. Sie fühlte sich schrecklich klebrig vom Schweiß und hätte liebend gern geduscht. Ob sie ihm vorschlagen konnte, mit ihr zusammen unter die Dusche zu gehen? Oder war das zu forsch für das erste Mal? Sie fuhr mit ihrer Zunge genüsslich über seine Lippen. Wer brauchte Eis, wenn er diese Lippen haben konnte?

»Ich bin bestimmt zu schwer für dich«, flüsterte Jan und löste sich von ihr.

Sie versuchte, ihn festzuhalten, doch er stand auf.

»Nachher habe ich noch Schuld, wenn du nicht mehr laufen kannst, weil deine Beine abgestorben sind.«

»Wer sagt denn, dass ich noch laufen will?«

Sein Gesicht lag fast vollständig im Dunkeln. Nur manchmal tanzte ein Lichtschein darüber. Dann konnte sie diesen liebevollen Blick in seinen Augen erkennen, der ihr ein ganz warmes Gefühl schenkte.

»Ich hole mal das Eis.« Damit verschwand er im Haus.

Als Jo eine Stunde später wütend und enttäuscht zum Hotel marschierte, hätte sie nicht sagen können, wie es zum Streit gekommen war. Sie hatten Eis gegessen, geflirtet. Alles war in bester Ordnung. Es fing wohl damit an, dass er sie erneut aufforderte, ihn im Winter bei dem Aufarbeiten der Karren zu unterstützen. Sie könnte sich ohrfeigen. Anstatt sich darüber zu freuen, dass er sie wiedersehen wollte, hatte sie ihm vorgebetet, dass er ohne Marketingstrategie gar nicht anzufangen brauche.

»Jetzt hör doch mal auf damit«, hatte er gesagt. »Wenn du im Winter wiederkommst, ist dafür Zeit genug.«

»Ich meine ja nur, dass du dir die Arbeit sparen kannst, wenn du dich nicht rechtzeitig um die Werbung kümmerst. Ich fahre jedenfalls nicht über zweihundert Kilometer und schufte an den alten Kisten herum, damit die nachher im Schuppen verrotten.«

»Entschuldigung!« Sein Ton wurde deutlich gereizter. »Ich dachte, du würdest vielleicht über zweihundert Kilometer fahren, um mich zu sehen?«

»Ja, dafür lohnt es sich natürlich.« Für einen kurzen Moment hoffte Jo, die Situation noch retten zu können. Sie wollte zu ihm hinübergehen und sich nun ihrerseits auf seinen Schoß setzen.

»Ich glaub's nicht«, schimpfte er, als habe er in diesem Moment etwas begriffen. »Ja, logisch, jetzt ergibt das einen Sinn.«

»Bitte?« Sie blieb wie versteinert sitzen.

»Am Anfang dachte ich, du willst mir einfach so helfen. Ich habe doch wirklich geglaubt, du findest meine Idee mit den Eiswagen gut. Oder du magst mich womöglich sogar. Dabei hast du die ganze Zeit auf einen Auftrag gelauert.«

»Was?« Jo sprang auf.

Er saß mit angezogenem Knie da, den Fuß auf seinem Gartenstuhl, und warf sich jetzt lachend so schwungvoll zurück, dass die Ferse abrutschte und sein Fuß dumpf auf den Boden schlug. Das kümmerte ihn nicht.

»Hey, das ist doch offensichtlich: Wenn du hier einen lukrativen Job an Land ziehst, kriegst du vielleicht einen Goldenen Haken oder Köder oder was ihr so für tolle Auszeichnungen habt. Dann hast du einen Grund, hier ab und zu herzukommen, und kannst auf Firmenkosten nebenbei Urlaub machen.«

Jo hatte geschluckt und hervorgepresst: »Das muss ich mir echt nicht anhören.«

Er dagegen hatte nicht aufgehört mit seinem aufgesetzten Gelächter. »Manchmal bin ich echt ein naives Land-Ei«, prustete er. »Respekt! Nicht schlecht, dein Plan. Absolut nicht schlecht.«

Jo stolperte über eine Wurzel, die eine Gehwegplatte angehoben und sich einen Pfad in die Freiheit gebahnt hatte. Sie fluchte und wischte sich mit dem Handrücken eine Träne weg, die ihr über die Wange lief. Glücklicherweise hatte sie nicht heulen müssen, solange sie noch bei ihm gewesen war. Bevor das geschehen konnte, war sie davon gestürmt.

Im Hotel ging sie endlich unter die Dusche. Das Gewitter, das sich nur noch vereinzelt aus weiter Ferne bemerkbar machte, sorgte für frische Luft, in der man endlich wieder atmen konnte. Darum hatte Jo das Fenster zur See geöffnet und die Ostsee-Brise einströmen lassen. Wieder und wieder ließ sie die Auseinandersetzung Revue passieren. Schön, da hatte es wohl noch die eine oder andere Bemerkung ihrerseits gegeben, die ihm sauer aufstoßen konnte. So war sie nun einmal, sie trennte Berufliches und Privates. Wenn er erwartete, dass sie ihm romantische Liebesschwüre ins Ohr säuselte, während sie sich für seine Zukunft den Kopf zerbrach, war er bei ihr an der falschen Adresse. Zugegeben, es war etwas drastisch von ihr gewesen, ihm eine Bauchlandung vorherzusagen, wenn er sich nicht von ihr helfen ließe. Aber sie hatte doch recht! Von Werbung hatte er nicht die Spur einer Ahnung, und sie hatte schon einige untergehen sehen, die Marketing für überflüssig hielten oder glaubten, das schon selbst hinzubekommen.

Während das Wasser auf sie niederprasselte, musste Jo an die zweite Begegnung mit Jan denken. Sie sah wieder seinen schüchtern-belustigten Blick vor sich, als sie nackt die Glastür der Dusche aufgestoßen hatte. Sie dachte an seine Augen, seine Lippen, seine Hände. Das reichte schon, um wieder dieses äußerst angenehme Prickeln zu spüren. Verdammt, sie mochte ihn. Sie hätten noch eine richtig gute Zeit haben können. Aber sie hatten es vermasselt.

Jo legte den Kopf in den Nacken und ließ sich das Wasser über das Gesicht laufen. So konnte sie sich wenigstens einreden, dass da nur Tropfen waren und keine Tränen.

III

Jo frühstückte draußen auf der Terrasse. Dort konnte sie die Sonnenbrille auf der Nase lassen, ohne sich albern vorkommen zu müssen. Lustlos stocherte sie in ihrem Obstsalat herum. Sie hatte die Zeitung mitgenommen, die ihr – wie jeden Morgen – vor die Tür gelegt worden war. In der Vorfreude auf ihren Urlaub hatte sie sich vorgestellt, wie sie jeden Tag mit einem ausgiebigen Frühstück und gemütlicher Zeitungslektüre beginnen würde. Bisher hatte sie noch keine Lust dazu gehabt und an diesem Morgen schon gar nicht. Missmutig spähte sie zu den anderen Tischen. Da war ein Pärchen, das unbeschwert miteinander turtelte.

Scheußlich, dachte sie, das gehört doch nun wirklich nicht in die Öffentlichkeit!

An einem anderen Tisch saß eine Familie. Jo hörte Satzfetzen, in denen »Schatz« und »Liebling« vorkamen. Vielleicht sollte sie doch etwas lesen. Sie überflog die Schlagzeilen, blieb aber an keinem Artikel hängen. Jedes Mal, wenn jemand die Treppen hochging und die Terrasse betrat, spannte sie sich an. Es hätte Jan sein können, der zur Arbeit kam. Sie schob sich einen weiteren Löffel Obst in den Mund. War da Sekt drin, oder hatte der Salat einen Stich? Sie ließ den Löffel in das Schälchen fallen. Er landete dort mit einem schmatzenden Geräusch und verdrängte eine beträchtliche Menge Fruchtsaft, die nicht nur die Tischdecke sprenkelte, sondern auch Jos Hose.

»So ein Mist«, fluchte sie leise. Sie hatte eine weiße Baumwollhose an – natürlich. Sie dachte an ihre Mutter, die ihr raten würde, das sofort mit kaltem Wasser auszureiben. Also machte sie sich auf den Weg in ihr Zimmer. Der Appetit war ihr ohnehin vergangen. Während sie sich umzog und an den Flecken zu schaffen machte, überlegte sie ernsthaft, ihren Aufenthalt abzubrechen. Was sollte sie hier noch anfangen mit ihrem Urlaub? Solange sie sich im Hotel aufhielt, musste sie ständig damit rechnen, Jan über den Weg zu laufen. Ihr Zimmer war zwar ausgesprochen geschmackvoll und gemütlich, aber darin die zweite Woche wie in einem Gefängnis zu verbringen, entsprach nicht der Vorstellung, die Jo von gelungenen Ferien hatte. Ging sie an den Strand, konnte sie fast sicher sein, Jan zu sehen. Es war sein Revier. Wenn sie keine Konfrontation wollte, musste sie das Feld räumen. Andererseits gefiel ihr die Region inzwischen so gut, dass der Gedanke an eine verfrühte Abreise wehtat. Das Hotel mochte sie auch, aber bestimmt würde sich in einem anderen Ort etwas Vergleichbares finden lassen. Sie reckte das Kinn und drückte das Kreuz durch. Von diesem Eis-Trottel würde sie sich nicht den Urlaub vermiesen lassen. Entschlossen marschierte sie zur Rezeption.

»Was kann ich für Sie tun?«, fragte das junge Mädchen hinter dem Tresen routiniert.

In dem Moment trat Jan an die Rezeption. Jo hätte den Morgen verfluchen mögen.

»Guten Morgen«, sagte er freundlich.

»Morgen«, antwortete sie knapp.

»Wenn Sie mich ganz kurz entschuldigen würden«, flötete die Mitarbeiterin, eine mollige kleine Person mit lustig wippendem blonden Pferdeschwanz. »Ich gebe unserem Haustechniker nur kurz seinen Einsatzplan, dann habe ich jede Menge Zeit für Sie.«

Jo seufzte. »In Ordnung.« Im Grunde war es ihr ganz recht, wenn er zuerst abgefertigt wurde. Er brauchte ja nicht unbedingt zu hören, dass sie abreisen würde. Daraus musste er zwangsläufig falsche Schlüsse ziehen und am Ende noch glauben, sie hätte sich in ihn verliebt. Jo wandte sich von ihm ab und griff wahllos ein Faltblatt aus einem Plastikständer. Reitausflüge am Strand wurden angeboten. Sie konnte nicht fassen, dass das Werbefoto ausgerechnet eine Frau und einen Mann zeigte, die in den Sonnenuntergang ritten. Das Wasser spritzte hoch um die Hufe der Tiere, die Tropfen glitzerten orange und golden.

»Alles klar, dann fange ich in der siebzehn an«, hörte sie Jan sagen.

Nun wandte sich die Blondine wieder ihr zu: »So, jetzt bin ich für Sie da!«

Jan studierte die Notizen mit seinen Tagesaufgaben und rührte sich nicht von der Stelle.

»Geht es Ihnen nicht gut?«, fragte die Rezeptionistin und ergänzte zu allem Überfluss: »Sie haben doch hoffentlich keine Allergie. Ihre Augen sind ganz geschwollen!«

Jo spürte Jans Seitenblick und hätte diese indiskrete Person am liebsten auf der Stelle geschlagen.

»Allergie würde ich das nicht nennen«, antwortete sie ausweichend. »Aber es geht mir tatsächlich nicht besonders.« Sofort schossen ihr wieder Tränen in die Augen. Es half alles nichts, sie konnte nicht länger um den heißen Brei reden. Wenn Jan sich entschieden hatte, dort neben ihr festzuwachsen, dann musste sie damit leben.

»Es geht mir nicht gut, und darum würde ich gern vorzeitig

abreisen«, erklärte sie geradeheraus. Wieder ein Seitenblick von ihm, dann machte er sich endlich davon.

»Oh, das tut mir leid«, erwiderte die Mitarbeiterin. Ihr Gesicht verriet echtes Mitgefühl. »Soll ich Ihnen einen Arzt rufen?«

»Nein.« Das fehlte Jo noch. Sie überlegte, was sie sagen sollte. »Es ist wahrscheinlich nichts Schlimmes, nur eine Sommergrippe.« Sie zwang sich zu einem Lächeln. »Aber Sie wissen bestimmt, wie das ist: Zu Hause im eigenen Bett fühlte man sich in so einer Situation am wohlsten.«

Noch immer drückte das Gesicht der Frau Bedauern aus, doch etwas hatte sich verändert. Jo ahnte Böses.

»Natürlich können wir Sie nicht zwingen, in unserem Hause zu bleiben.« Es war ihr nicht angenehm. »Aber Sie haben eine feste Buchung. Wenn Sie die so kurzfristig stornieren, müssen wir Ihnen ...«

»Es ist Hochsaison. Sie werden das Zimmer bestimmt sofort wieder los«, fiel Jo ihr ins Wort.

»Ich bedaure das wirklich sehr, aber so ist es leider nicht. Gerade in der Hochsaison kommen kaum Gäste und fragen nach einem Zimmer, ohne gebucht zu haben. Jeder weiß, dass kurzfristig nichts zu kriegen ist.« Ihr Augenlid zuckte unkontrolliert. »Ich entscheide das sowieso nicht selbst. Ich müsste Sie bitten, in ...« Sie sah auf die Uhr. »In einer dreiviertel Stunde noch einmal herzukommen. Dann ist unser Chef da, und Sie können sich direkt an ihn wenden.« Wieder das nervöse Lidzucken.

Jo ließ die Schultern hängen. Mit Widerstand hatte sie nicht gerechnet.

»Ich kann Ihnen einen Kamillentee bringen lassen«, schlug die blonde Frau vor. »Wer weiß, vielleicht geht es Ihnen nach ein, zwei Tagen Bettruhe schon besser. Wäre doch schade, Ihren Urlaub abzubrechen.«

»Ich überlege es mir«, murmelte Jo und schlich zurück zu ihrem Zimmer. Inzwischen hatte es in ihrem Bauch zu grummeln und zu glucksen angefangen. Die Aktivität in ihrem Gedärm steigerte sich hörbar. Nun kamen auch krampfartige Schmerzen dazu. Der Obstsalat! Jo ließ sich auf ihr Bett fallen. Wenn das Zeug verdorben war, konnte sie mit der Lebensmittelbehörde drohen. Dann würde man sie schon gehen lassen, ohne ihr horrende Stornogebühren abzuverlangen. Noch besser: Sie würde das Hotel verklagen! Wegen entgangener Urlaubsfreude. Sie stellte sich vor, wie sie sich in die Küche schleichen und den Salat, das Corpus Delicti sozusagen, sicherstellen würde. Jo grinste. Zumindest ihren Humor hatte sie noch nicht verloren. Das Bauchgrimmen leider auch nicht.

Sie war nicht nach einer dreiviertel Stunde an der Rezeption erschienen, um den Direktor zu sprechen. Sie wäre gar nicht rechtzeitig von der Toilette gekommen und nahm das als Zeichen. Jetzt baumelte an ihrer Zimmertür das *Bitte-nicht-stören-*Schild, und sie lag, alle Fenster weit geöffnet, unter dem Laken, das bei diesen Temperaturen die Bettdecke ersetzte. Immer wieder nickte sie ein, zwischendurch schnappte sie sich ihr Buch und las ein paar Seiten. Einmal hörte sie Schritte auf dem Flur, die näher kamen. Sie hielt den Atem an und lauschte konzentriert. Ganz sicher würde es gleich klopfen. Doch nach einer kurzen Weile entfernten sich die Schritte wieder. Bestimmt das Zimmermädchen, redete Jo sich ein. Sie bekam Appetit auf Milchkaffee, traute sich aber noch nicht, nach unten zu gehen und einen zu bestellen. Kurz dachte sie darüber nach, ihn aufs Zimmer bringen zu lassen, entschied sich dann aber dagegen. Sie wollte niemanden sehen.

Jo schaute, das Buch aufgeschlagen auf ihrem Bauch, aus den Fenstern. Blickte sie rechts hinaus, sah sie eine vom ständigen Wind an den Hang gedrückte Kiefer. Das halbrunde Fenster gegenüber dem Bett dagegen wies auf den Strand und die Ostsee. Das Kreischen der Kinder, Rufen der Eltern, das alles untermalende Rauschen der Wellen, ab und zu das Geräusch eines vorüberfahrenden Autos und das Schreien der Möwen drangen zu ihr herauf. Und am Nachmittag aus weiter Ferne der Klang eines Glöckchens. Jo schloss die Augen. Sie brauchte nicht an das Fenster zu laufen, um ihn vor sich zu sehen, wie er den Eiswagen durch den Sand schob. Sie sah seine Augen, das dicke störrische Haar, das Kinn mit dem Grübchen, das ihr erst jetzt in der Erinnerung so richtig auffiel. Sie mochte ihn mehr, als sie geplant hatte, und das ärgerte sie. Vor allem bedrückte es sie, dass er so schlecht von ihr dachte. Es war gut, wenn sie nicht abreiste oder das Hotel wechselte. Das käme einem Schuldeingeständnis gleich, doch sie hatte sich nichts zuschulden kommen lassen. Sie würde bleiben, mitten in seinem Revier, genau vor seiner Nase. Ihr blieb noch eine volle Woche, und die würde sie genießen. Basta!

Im Tourismusbüro, in dem Jo am ersten Tag die Postkarten gekauft hatte, herrschte reger Betrieb. Ein Kind quengelte, zerrte an der Hand der Mutter, die jedoch nicht darauf reagierte.

Der kleine Junge musste mehr tun, um Aufmerksamkeit zu erregen. Er begann zu schreien. Normalerweise hätte Jo sein stimmgewaltiges Gezeter nur schwer ertragen können. Noch schlechter wäre sie mit dem Verhalten der Mutter zurechtgekommen, die ihren Junior aus voller Brust schreien ließ, während sie sich in aller Ruhe über Fährverbindungen und Bustarife informierte. Doch an diesem Tag war alles anders. Jo hatte beschlossen, gute Laune zu haben, und war nach den vielen Stunden im Bett ausgeschlafen und entspannt. Es gab eine Spielecke für Kinder mit Bilderbüchern, ein paar Autos und einem schon ein wenig zerschlissenen Plüsch-Seehund.

Jo griff das Stofftier und begann, damit auf dem kleinen Kindertisch herumzuschwimmen. Sie ließ den Seehund hinter der Tischkante abtauchen und dann wieder gerade soweit aus dem imaginären Wasser kommen, dass die Barthaare – es waren nur noch drei – über den Rand des Kindertischchens lugten. Das Schreien ebbte ab. Jo stellte fest, dass dem Knirps Schweißperlen auf der Stirn standen. Seine Wangen glühten rot. Ihm war langweilig und vor allem furchtbar heiß. Armes Kerlchen! Sie kümmerte sich nicht um die belustigten Blicke der anderen Touristen, die sich in dem schmalen, lang gezogenen Raum drängten, und ließ das Plüschtier unter der Tischplatte hindurch zu dem Jungen tauchen. Der hatte zu weinen aufgehört und beobachtete den Seehund fasziniert. Als dieser wieder unter der Tischplatte verschwand, bückte er sich, um ihn nicht aus den Augen zu verlieren. Jos Hand mit dem grauen abgewetzten Spielzeug segelte durch die Luft und von hinten zwischen zwei Bildbänden hindurch, die im Regal standen. Einer wäre beinahe aus dem Bord gefallen, doch Jo

79

konnte gerade noch zupacken. Der Seehund lugte zwischen den Büchern hervor, guckte nach links, nach rechts und entdeckte dann den kleinen Jungen. Mit einem Looping schoss er aus dem Regal und direkt vor die Nase des lachenden Kindes. Jo ging das Herz auf. Ein guter Tag!

Die Mutter hatte das Spiel der Fremden mit ihrem Sohn ebenso ignoriert wie zuvor sein Geschrei. Nun bedankte sie sich bei der Mitarbeiterin des Tourismusbüros und zog den Kleinen hinter sich her nach draußen, ohne Jo auch nur eines Blickes zu würdigen. Sie zwinkerte dem Seehund verschwörerisch zu, legte ihn zurück auf seinen Platz und studierte die Faltblätter und Prospekte. Ihr blieb nur noch eine Woche, und sie hatte noch nicht viel von der Gegend gesehen. Das sollte sich ändern. Sie konnte einen Tagesausflug nach Rügen machen, mit dem berühmten Rasenden Roland fahren, einem Zug, der noch von einer Dampflokomotive gezogen wurde. Noch nie in ihrem Leben hatte sie einen dieser qualmenden Kolosse in Aktion gesehen, noch nie das typische Tuten gehört. Sofort fiel ihr Jan ein, der ein solches altes Ungetüm bestimmt liebte. Auch ein Besuch der kleinen Insel Hiddensee erschien ihr lohnend. Autos waren dort tabu, man bewegte sich mit Pferd und Planwagen, Fahrrad oder zu Fuß fort. Jo erschien so etwas wie die Beschreibung einer fremden Welt. Wenn Urlaub das Gegenteil des Alltags sein sollte, dann wären diese beiden Ausflüge bestens geeignet, um dem Alltag vollständig zu entfliehen. Dann waren da noch das Ozeaneum in Stralsund, unzählige Museen, Mal- und Töpferkurse, Konzerte und vieles mehr. Die Auswahl war schon beinahe zu groß.

Vielleicht sollte ich verlängern, dachte Jo übermütig. Beim

Verlassen des Tourismusbüros fiel ihr Blick auf einen Zettel, der an die Eingangstür geklebt war.

Leiter/in für Marketing und Öffentlichkeitsarbeit gesucht, Teilzeit, Job-Sharing, stand da. Da konnten sie bestimmt lange suchen, jedenfalls wenn sie einen Profi haben wollten. Wer studierte schon Marktkommunikation oder Medien und Kommunikation, um dann in einem Nest ein paar Anzeigen zu texten? Gut, die tolle Landschaft, der Strand direkt vor der Haustür, das lockte womöglich den einen oder anderen Kollegen. Auszustehen hatte man sicher auch nicht viel. Teilzeit bedeutete zwar etwas weniger Geld, dafür aber erheblich mehr Freizeit. Insofern ließ sich vielleicht doch ein Profi von dem Angebot ködern, ein Berufsanfänger vielleicht. Jo konnte es herzlich gleichgültig sein.

Auf der Terrasse eines Cafés ließ sie sich nieder und bestellte einen Eiskaffee. Nach dem gestrigen Fastentag hatte sie Appetit. Schon das Frühstück war üppig ausgefallen, mit Pfannkuchen, einem Spiegelei und Speck. Sie vertiefte sich in die Broschüren, die sie mitgenommen hatte, und ordnete sie nach ihrem ganz persönlichen Ranking: 1. Unbedingt machen, 2. eventuell machen und 3. machen, wenn noch Zeit übrig ist.

Ihr fiel ein, dass sie ihrer Mutter versprochen hatte, sich zu melden. Nun war sie genau eine Woche weg, also fischte sie ihr Mobiltelefon aus der Tasche. Sie hatte zwei neue Nachrichten. Eine ehemalige Kollegin fragte, ob sie Lust habe, mit ins Kino zu gehen.

»Mist, jetzt fällt's mir wieder ein, du bist im Urlaub. Hast du ja gesagt, hatte ich ganz vergessen. Na dann, nächstes Mal wieder. Fröhliche Ferien noch«, tönte es etwas scheppernd aus dem Handy.

Der zweite Anruf war von ihrer Mutter. Jo wählte ihre Nummer. In der nächsten Sekunde war sie über den aktuellen Dorf-Klatsch informiert, der sie noch nie interessiert hatte. Ob sie wollte oder nicht, sie wurde in die Einzelheiten der Scheidung einer Nachbarstochter eingeweiht, die mit einer Paartherapie versucht hatte, ihre Ehe zu retten, nun aber doch den offenbar unvermeidlichen Schritt ging. Sie erfuhr von dem Fahrradunfall des alleinstehenden älteren Herrn, der am Ende der Straße wohnte.

»Du weißt schon, der aus diesem kleinen hässlich grau verputzten Häuschen. Gott sei Dank hat er sich bei dem Sturz nicht verletzt, nur ein bisschen Haut ist abgeschürft. Da hat er noch einmal Glück gehabt!« Sie fragte Jo nicht mit einer Silbe nach ihrem Hotel oder danach, ob es ihr gefiel. Das war ein ganz und gar untypisches Verhalten ihrer Mutter, die sonst jede Einzelheit über fremde Orte und das Befinden ihrer Tochter hören wollte. Jo wusste, warum sie sich in diesem Fall so verhielt, und akzeptierte es.

Eine Weile hörte sie ihr zu, dann sagte sie: »Ich will auch gar nicht so lange sprechen. Mein Eis schmilzt sonst. Wollte mich nur mal melden.« Nach einer kurzen Pause setzte sie hinzu: »Sag mal, weißt du eigentlich noch, wie die Pension hieß, in der Papa immer gewohnt hat?«

Stille am anderen Ende der Leitung.

»Ich dachte, ich könnte mal vorbeigehen, wenn ich schon in der Gegend bin«, ergänzte Jo eilig und so beiläufig, wie sie nur konnte.

»Pension am Hafen«, kam es frostig zurück. Dann verabschiedete ihre Mutter sich schnell.

Der Gedanke, ihr Vater könne in ihrem Familienleben etwas vermisst haben, über die alljährlichen Auseinandersetzungen, seine Fluchten genauso unglücklich gewesen sein wie Jo und ihre Mutter, ließ sie nicht mehr los. Es wurde Zeit, ihren Frieden mit ihm zu machen, und sie hoffte von Herzen, dass sie ihn wenigstens ein wenig besser verstehen würde, wenn sie hier auf dem Darß seinen Spuren folgte. So bummelte sie die Althäger Straße entlang, zum Hafenweg und bis zum Althäger Hafen, wo die Pension war. Der Wind wehte nur lau und schaffte es kaum, die Boote in Bewegung zu versetzen. Selbst der Stoff der Sonnenschirme, die den Tischen vor dem Räucherhaus Schatten spendeten, wiegte sich nur leicht hin und her.

Die *Aldebaran* lag im hellen Sonnenlicht. Sönke war nicht zu sehen. Jo verdrängte die Erinnerung an den wunderschönen Ausflug. Stattdessen überlegte sie, nach einem kleinen Geschenk für Sönke Ausschau zu halten, mit dem sie sich bei ihm bedanken konnte. Sie betrat das Restaurant, zu dem die *Pension am Hafen* gehörte. Am Tresen stand ein junger Mann mit rötlichem Haar, das er von den Ohrläppchen abwärts bis zum Nacken blond gefärbt trug. Über dem Scheitel prangte ein Hahnenkamm.

»Hi«, sagte er gelangweilt.

»Hi.« Jo zögerte. Was wollte sie hier eigentlich genau? Wie sollte sie diesem Jungspund erklären, dass sie auf Spurensuche war? »Sie vermieten doch auch Zimmer, richtig?«, begann sie.

»Jepp! Kleinen Moment mal. Da hole ich mal die Jette.« Ohne

eine Reaktion abzuwarten, ließ er Jo stehen, ging zu einem Durchgang, der hinter dem Tresen offenbar in die Küche führte, hielt sich mit einer Hand am Türrahmen fest und beugte sich weit vor, ein Bein hoch in der Luft. »Oma!«, rief er. »Kommst du mal? Da will jemand ein Zimmer.« Wiederum ohne die Antwort seiner Großmutter abzuwarten, schlurfte er zurück zum Tresen. »Kommt«, sagte er und kümmerte sich um die Gläser.

Wenig später tauchte eine rundliche Frau in dem Türrahmen auf.

»Guten Tag, junge Frau«, sagte sie mit einer wundervoll knarzigen Stimme, die einer Märchenerzählerin zur Ehre gereicht hätte. »Sven ist aber manchmal auch tüdelig. Er hätte Ihnen man gleich sagen können, dass wir nix frei haben.«

Aha, der Hahnenkamm hieß also Sven.

»Das macht nichts. Ich bin gar nicht hier, um ein Zimmer zu mieten.« Jo betrachtete das runde Gesicht eingehend. Es war gerötet, von unzähligen feinen Adern durchzogen. Die Augen waren von Lachfältchen eingerahmt, und Jette hatte den gütigsten Blick, den man sich überhaupt nur vorstellen konnte. Wenn Jo sich eine Großmutter hätte wünschen dürfen, hätte sie genauso aussehen müssen wie diese Frau hier.

»Ach, was wollen Sie denn sonst, Deern?«

»Mein Name ist Josefine Niemann. Mein Vater war früher regelmäßig Gast bei Ihnen.«

»Der Otto? Otto Niemann, ist das Ihr Vater?«

Jos Herz machte einen Hüpfer. »Ja.«

Die Alte sah sie lange an, als versuche sie, eine Ähnlichkeit zu entdecken. »Das ist eine Überraschung«, sagte sie schließlich. »Möchten Sie etwas trinken?«

84

»Nein, danke, ich wollte eigentlich nur fragen, ob ich mir mal das Zimmer ansehen kann, in dem er gewohnt hat.«

Die Verwunderung über dieses Anliegen war Jette deutlich ins Gesicht geschrieben. »Ist ihm was passiert?«, fragte sie.

»Er ist gestorben, schon vor einem Jahr.« Jo konnte sich schwer daran gewöhnen, die Worte auszusprechen. Es tat immer noch weh.

»Ach, das tut mir aber leid.« Jette strich gedankenverloren die Kittelschürze glatt, die sie trug. Jo hätte zu gern gewusst, welche Erinnerungen ihr gerade durch den Kopf gingen.

»Er hatte Krebs. Es ging ziemlich schnell.«

Jette nickte langsam. »Darauf müssen wir doch etwas trinken. Setzen Sie sich, Josefine.«

Eigentlich wäre sie gern nach draußen gegangen. Hier drinnen war es zu warm und zu stickig. Trotzdem setzte sie sich an den kleinen Zweiertisch, auf den Jette mit einer Kopfbewegung gedeutet hatte.

»Wir ham uns schon gewundert, dass er nicht mehr gekommen ist, der Otto«, sagte Jette, die zu Jos Entsetzen mit zwei kleinen Gläsern und einer Flasche Sherry zurückkam. Sie setzte sich und schenkte ein.

»Den hat er gerne gemocht«, erklärte sie lächelnd, während sich die bräunlich-violette Flüssigkeit in die Gläser ergoss und ein Geruch nach Waldbeeren und Kirschen in Jos Nase stieg. Jette hob ihr Glas und hielt es Jo über dem Tisch entgegen: »Prosit! Auf den Otto. Nu kann er den ganzen Himmel malen.«

Jo schluckte. Sie prostete ihr ebenfalls zu und trank.

»Das ist aber eine Freude, dass ich Sie nu doch noch kennenlernen kann. Wissen Sie, Deern, ich hab immer gedacht, irgendwann bringt er sein Mädel mal mit. So, wie der von Ihnen geschwärmt hat ...« Sie zwinkerte ihr fröhlich zu, trank aus, fuchtelte mit der Hand, was vermutlich bedeuten sollte, dass auch Jo ihr Glas zu leeren hatte, und schenkte auf der Stelle nach.

»Er hatte wohl Angst, dass wir ihn beim Malen stören.«

»Wir? Haben Sie denn Geschwister?«

»Nein, aber eine Mutter.«

»So?« Jette riss staunend die Augen auf.

»Na, der Storch hat mich nicht gebracht.« Jo lächelte.

Jette klopfte sich auf den Oberschenkel und lachte aus voller Seele. Ihre grauen, in ordentliche Wellen gelegten Haare wippten.

»Nee«, sagte sie, als sie wieder zu Atem kam, »das funktioniert in der Stadt wohl auch nicht anders als hier bei uns.«

Jo nickte und nippte an dem Sherry. Ihr Vater hatte Geschmack. Die Sorte war fruchtig, kräftig und hatte eine leichte Holznote. Holzfassgelagert vermutlich.

»Drollig«, meinte Jette nun, »wir dachten immer, er ist geschieden, oder seine Frau ist früh gestorben, weil er nie ein Wort über sie gesagt hat. Aber von Ihnen hat er ständig gesprochen.«

»So?« Nun war es Jo, die zweifelte.

Jette begann zu erzählen, von einem Mann, der stundenlang schweigend am Hafen mit seiner Staffelei stehen konnte. Wenn er dann am Abend in die Pension kam, brachte er manchmal ein bis in das kleinste Detail ausgearbeitetes Gemälde mit. Dann wieder waren nur Striche auf der Leinwand zu erkennen, kaum mehr als eine Skizze, wenn überhaupt. Bei Vollmond ging er nachts los, Palette und Farben unter den Arm geklemmt.

Jo sah seine Darstellungen des Mondes über den Dünen vor sich, eines seiner Lieblingsmotive.

»So still und in sich gekehrt wie er sein konnte, so lustig war er manches Mal.« Es folgten Schilderungen von jemandem, der das gesamte Lokal unterhalten konnte, der in den Häusern der ansässigen Künstler ein und aus ging und schon am Vormittag einen Sherry trank, um in die richtige künstlerische Stimmung zu kommen, wie er es genannt hatte. Jo konnte nur schwerlich eine Ähnlichkeit zwischen dem Mann aus Jettes Beschreibungen und ihrem Vater feststellen.

»Und wenn dann die Musiker da waren, war er gar nicht mehr zu bremsen.« Jette goss noch einmal ein. »Die ganze Nacht hat er manchmal getanzt.«

»Getanzt? Mein Vater hat getanzt?« Sie versuchte sich zu erinnern, wann sie ihn das letzte Mal beim Tanzen gesehen hatte, ob überhaupt jemals.

»Oben in dem Appartement, in dem er immer gewohnt hat, hängt noch ein Bild von ihm. Das hat er mir geschenkt.« Jette strahlte. »Damit du mich nie vergisst und mir immer meine Bude frei hältst, hat er zu mir gesagt.« Wieder nickte sie ganz langsam und bedächtig. Dann hellte sich ihr Gesicht auf. Etwas schien ihr eingefallen zu sein. »Da wohnt nu ein Pärchen. Aber die sind unterwegs. Hab sie vorhin mit den Rädern wegfahren sehen. Wollen Sie das Bild mal sehen?«

»Gern, wenn das möglich ist.« Jo interessierte sich weniger für das Bild. Aber das Apartment würde sie wirklich gern einmal anschauen.

87

»Na klar!«

Wenig später standen sie vor einer schlichten Tür aus Kiefernholz, und Jette klopfte.

»Nur zur Sicherheit«, erklärte sie.

Als sich nichts rührte, schloss sie auf. Jo fiel sofort das Gemälde über dem Bett ins Auge. Es zeigte einen Strandabschnitt, wie sie ihn von ihrem Zimmer aus sehen konnte. Hellgrüne Dünen, Buhnen, die vom Strand ins tiefe Wasser führten und sich schließlich in der Ostsee verloren, leuchtend rote Strandkörbe und bunte Drachen, die in der Luft tanzten. Nichts Ungewöhnliches. Bis auf ein kleines Mädchen mit braunen kurzen Haaren, das von hinten zu sehen war. Das Bild verschwamm. Jo blinzelte mehrmals. Nie hatte ihr Vater sie porträtiert, nie auch nur ein Bild gemalt, auf dem sie oder ihre Mutter zu sehen war. Das dachte sie jedenfalls bisher. Und nun hing da diese Strandszene in Öl, und sie war sicher, sich selbst als kleines Mädchen darauf zu erkennen.

»Es ist wunderschön«, sagte sie leise.

»Ja, das isses.«

Jo sah sich kurz um. Ein Schlafzimmer, ein Wohnraum mit einer Küchenzeile, ein winziges Bad mit Dusche, das war alles. Die Einrichtung war zweckmäßig einfach, aber bestens in Schuss und liebevoll mit maritimen Details versehen. Sie konnte verstehen, dass ihr Vater immer wieder hierher gekommen war.

»Hier hat er gewohnt«, sinnierte Jette. »Und nu isser hin. Ein Jammer!« Sie seufzte. »Kommen Sie, bevor wir noch erwischt werden«, meinte sie und zupfte Jo am kurzen Ärmel ihrer Bluse.

»Danke, dass Sie mir das Bild gezeigt und so viel von meinem Vater erzählt haben. Was bin ich für den Sherry schuldig?«

»Na, das wäre ja wohl noch schöner«, ereiferte sich die Alte. »Ich habe mich doch so gefreut über den Besuch. Wollen wir noch einen nehmen zum Abschied?« Sie war bereits wieder bei der Flasche.

»Oh, vielen Dank, aber besser nicht.« Jo hob abwehrend die Hand.

»Wie lange bleiben Sie noch? Kommen Sie mich noch mal besuchen?«

»Das mache ich sehr gern. Eine Woche bin ich ja noch hier.«

Als Jo hinaus in die frische Luft trat, machte sich der Alkohol schlagartig bemerkbar. Sie kniff die Augen zusammen, um sich an das grelle Licht zu gewöhnen, und hielt sich einen Moment an einem Glaskasten fest, der rechts neben der Tür angebracht war und die Speisekarte enthielt. Sie pustete, ihr war schwindelig. Wenn nur Sönke sie jetzt nicht entdeckte, beschwipst mitten am Tag. Sie machte einen Schritt zur Seite und studierte die angebotenen Speisen. Zum einen fiel es dann nicht auf, dass sie noch immer gegen den Schwindel kämpfte, zum anderen brauchte sie jetzt wahrscheinlich wirklich etwas Herzhaftes. Neben der Karte hingen Fotos, auf denen Gäste des Restaurants zu sehen waren. Jo betrachtete die Aufnahmen, deren Farbe größtenteils bereits verblichen war. Die Beschichtung blätterte längst ab, die Ecken bogen sich nach innen. Sie sah in fröhliche Gesichter. Gutgelaunte Urlauber feierten, lachten und tanzten. Mitten unter ihnen ihr Vater, der eine Frau mit dunkelbraunen Haaren im Arm hielt.

Jo war durcheinander. Warum hatte er nie ein Wort über seine Frau verloren, wenn er doch zugegeben hatte, eine Tochter zu haben? Wer war diese Brünette auf dem Foto? Nur eine Touristin, die zufällig neben ihm gesessen hatte? Wieso hatte er seine Josefine auf einem Bild verewigt und es dann der Zimmerwirtin geschenkt, anstatt es mit nach Hause zu nehmen. Er hatte viele Bilder mitgebracht, beziehungsweise schicken lassen, zumindest in den ersten Jahren. Später waren es immer weniger geworden. Klar, er hatte sie in Galerien verkaufen lassen und verschenkt. Wenn sie genau darüber nachdachte, wunderte es sie nicht. Ihre Mutter und sie hatten sich nicht gerade begeistert gezeigt von noch mehr Sonnenuntergängen oder weiteren Bodden-Bildern.

Tut mir leid, Papa, dachte sie betrübt. Wie musste er sich gefühlt haben, wenn er nach Wochen als gefeierter oder wenigstens anerkannter Künstler nach Hause zurückkehrte zu zwei ignoranten Weibsbildern, die über seinen Stil nur die Nase rümpften?

Ziellos lief sie vom Hafen einfach geradeaus in Richtung Ostsee, bog irgendwann links ab und fand sich am Steilufer wieder. Sie marschierte lange und zügig, der Schweiß tropfte ihr aus dem Haar. Die Bewegung tat ihr gut, ihr Körper konnte den Alkohol abbauen.

Als sie zum Hotel zurückging, eine Flasche Rotwein und einen Kasten Wasserfarben mit diversen Pinseln unter dem Arm, die sie gekauft hatte, waren nur noch wenige Spaziergänger am Strand unterwegs. Im Restaurant des Hotels bestellte sie einen Garnelen-Cocktail und ein Steak mit Ofenkartoffeln.

»Dürfte ich wohl in meinem Zimmer essen?«

»Aber natürlich, kein Problem.«

Sie beeilte sich, unter die Dusche zu kommen. Kaum, dass sie umgezogen und frisiert war, klopfte der Zimmerservice.

Jo setzte sich an den kleinen Tisch, der direkt am weit geöffneten Fenster stand. Sie goss sich einen Schluck Wein ein, probierte und schenkte das Glas voll. Von der See wehte eine salzige Brise herein, die hervorragend zu den Garnelen passte, wie Jo fand. Sie ließ es sich schmecken. Der Cocktail war sündhaft teuer, aber jeden Cent wert. Als sie das Steak und die Kartoffeln von der Warmhalteplatte nahm, hatte sie bereits zwei Gläser Wein getrunken. Der Schwips des Vormittags hatte ihr Lust auf mehr gemacht. Außerdem konnte sie einen kleinen Rausch gut gebrauchen auf ihrer Reise in die Vergangenheit.

Längst war die Luft kühler, die hereinkam, brannten draußen auf der Terrasse Fackeln, brach die Nacht herein. Höchste Zeit, ins Bett zu gehen, dachte Jo. Oder sollte sie noch auf einen Schlummertrunk in die Bar gehen? Sie griff nach der Weinflasche und stellte überrascht fest, dass sie leer war.

»Hoppla«, sagte sie und kicherte. »Da haben Sie aber schwer zugeschlagen, Fräulein Niemann!« Ihre Zunge war schwer, und sie hatte echte Probleme, die Worte zu formen. Darüber konnte sie sich kaputtlachen. Sie lehnte sich aus dem Fenster und holte tief Luft. »Ach, ist das schön hier!«, sagte sie inbrünstig. Dann ließ sie sich wieder in den Ohrensessel fallen. Nein, heute noch auszugehen, war keine gute Idee. Sie gehörte eindeutig ins Bett. Dummerweise drehte sich das in schwindelerregendem Tempo. Und müde war sie auch nicht. Von ihrem Bett aus konnte sie den Mond sehen. Er war gelb mit dunklen Flecken wie ein Stück Bananenschale und rund wie ein Apfel. Schade, dass Jan jetzt nicht da war. Es war so ein romantischer Abend. Blödsinn, er fehlte ihr einfach. Das hatte nichts mit dem albernen Mond zu tun. Er würde ihr auch fehlen, wenn es jetzt in Strömen regnete. Zwei Tage hatte sie ihn nicht gesehen, die kurze Begegnung an der Rezeption am Vortag nicht mitgerechnet. Sie könnte zu ihm gehen, jetzt, ihm gehörig den Kopf waschen für das, was er gesagt hatte. Danach würden sie sich unter dem Vollmond versöhnen und vielleicht sogar miteinander schlafen. Sie seufzte. Wenn nur das Bett still stehen könnte. Sie setzte sich auf.

»Also so ein gelber Mond«, murmelte sie. »Das glaubt einem ja keiner.« Wahrscheinlich hatte es überhaupt nichts mit Romantik zu tun gehabt, wenn ihr Vater Sonnenuntergänge oder den Dünenmond gemalt hatte. Er hatte einfach keinen Fotoapparat gehabt. So war es. Sie kicherte wieder. Und diese Farben hier glaubten einem die Leute wirklich nur, wenn sie sie sahen. Sie musste diesen Mond einfach malen. Jetzt sofort. Die Versöhnung konnte warten.

Jo stolperte ein paar Mal auf dem Weg zum Hafen. Es war stockfinster. Einmal fiel ihr sogar der Kasten mit den Farben scheppernd auf den Boden. Sie bückte sich danach und verlor fast das Gleichgewicht.

Stühle und Tische vor dem Räucherhaus waren bereits eingeräumt. Kein Mensch war zu hören oder zu sehen. Nur die Grillen sangen noch ihre Lieder, und das Wasser schlug glucksend an die Schiffe und den Steg. Jo legte ihre Utensilien auf einem Stromkasten ab. Sie hatte vorgehabt, die *Aldebaran* in diesem einmaligen Licht zu malen. Aber natürlich waren die

Segel sorgfältig aufgerollt und an den Masten festgebunden. Nein, so hatte sie sich das nicht vorgestellt. Also doch die Dünen. Bevor sie Block und Farben packte, stand sie still und schaute hinauf zum Himmel. Millionen winzige Lichter blinkten über ihr. Wann hatte sie in Hamburg zum letzten Mal einen solchen Sternenhimmel gesehen?

Während sie sich nicht satt sehen konnte, schliefen die Schiffe in dem kleinen Hafen längst friedlich. Für sie war dieser Anblick nichts Besonderes, sie wurden jeden Abend von den Grillen in den Schlaf gesungen und von einem solchen Firmament zugedeckt.

»Ach, Papa«, flüsterte sie. »Wenn wir doch zusammen hergekommen wären. Nur wir beide. Nur einmal.« Da stand sie, den Kopf in den Nacken gelegt, und meinte plötzlich, einen Stern zu sehen, der größer wurde und immer stärker leuchtete. Leise fing sie an zu singen: »Papa, can you hear me? Papa, can you see me? Papa, can you find me in the night?« Ihre Stimme klang hell und klar, wie ein Licht, das dem dort oben antwortete. »Papa, are you near me? Papa, can you hear me? Papa, can you help me not be frightened?«

Ein lautes Poltern weckte sie. Jo wusste nicht gleich, wo sie war. Sie erkannte eine Nische mit einem bogenförmigen Fenster, zwei cremefarbene Ohrensessel, braun-beige gestreifte Vorhänge und draußen eine an einen kleinen Hügel geduckte Kiefer und die Ostsee. Kein Zweifel, sie war im Bett ihres Hotelzimmers. Ihr Kopf schien etwa auf das doppelte Volumen angewachsen zu sein, und irgendwie hatte sich ein Dröhnen eingeschlichen, das da nicht hingehörte. Wieder dieses laute Klopfen. Es klang, als würde ein schwerer Gegenstand auf Holz schlagen, und erzeugte einen intensiven Schmerz in ihrem Schädel.

»Herrgott, ja doch«, rief sie gereizt, zog die Füße unter dem Laken hervor, blieb mit einem hängen und wäre fast aus dem Bett gefallen. »Blöder Mist«, fluchte sie leise. Dann schaffte sie es aufzustehen. Mit nackten Füßen lief sie über das Parkett zur Tür. Sie wollte, dass dieser Lärm schleunigst aufhörte.

Vor ihr stand Jan. Sie erkannte ihn gerade noch, bevor die Nacht unerwartet zurückkam. Es wurde schwarz um sie, und irgendwie fühlte sich ihre Stirn plötzlich angenehm kühl an. Weniger angenehm war das Gefühl in ihren Knien. Wie war dieser weiche Brei dahin gekommen, wo eigentlich ihre Gelenke sein sollten?

Nach wenigen Sekunden des Komplettausfalls meldete sich ihr Geist zurück. Sie saß auf ihrem Bett, und ihr war schlecht. Jan war noch da. Er war also doch keine Erscheinung gewesen, sondern hatte anscheinend verhindert, dass sie der Länge nach auf das Parkett gekracht war. Gut so, immerhin hatte er ja auch dieses Spektakel vor ihrer Tür veranstaltet, das sie so eilig aus dem Bett getrieben hatte.

»Guten Morgen«, sagte sie, weil ihr in ihrem Zustand noch nichts Klügeres einfiel.

Er warf einen Blick auf seine Uhr, der nicht nötig gewesen wäre. Jan wusste genau, wie spät es war. »Mahlzeit, passt wohl besser«, sagte er.

»Na und, ich habe doch Urlaub«, brummte sie trotzig, machte eine schiefe Rückwärtsrolle, die ihre Übelkeit verschlimmerte, und verkroch sich stöhnend unter die Decke.

»Warum hast du das gemacht?«

Jo hatte keine Ahnung, wovon er sprach.

»Was gemacht?«, fragte sie.

Sein Blick war sehr ernst. Man könnte sogar sagen: sorgenvoll. Gut, sie war die halbe Nacht alleine herumgelaufen. Aber so schlimm war das nun auch wieder nicht. Woher wusste er überhaupt schon davon? Sie versuchte angestrengt, sich den Abend noch einmal im Schnelldurchlauf durch den Kopf gehen zu lassen, doch der Schluss fehlte ihr.

»Anton hat dich gefunden. Gerade noch rechtzeitig.«

»Ich kenne überhaupt keinen Anton.« Jo wurde immer mulmiger. Lieber Himmel, sie würde nie wieder Alkohol anrühren. Was hatte sie bloß angestellt? Sie war doch nur zum Malen gegangen. Erst zum Hafen, dann noch in die Dünen. Soweit konnte sie sich erinnern.

»Anton ist der Strandkorbvermieter.« Jan war nach Jos misslungener Rolle rückwärts aufgestanden und an das Fenster gegangen. Jetzt drehte er sich wieder zu ihr um, kam zum Bett, setzte sich auf die Kante und nahm ihre Hände.

»Hatte das etwas mit mir zu tun? Josefine, ich will das wissen. Du hast das doch nicht etwa meinetwegen gemacht, oder?«

Sie zog die Stirn kraus.

»Gemalt?«, fragte sie gedehnt. Sie verstand kein Wort.

»Verdammt, Josefine, das ist nicht witzig. Anton hat dich aus dem Wasser gefischt. Du wärst beinahe ertrunken! Ich bin absolut im Bilde, du brauchst mir nichts vorzumachen.«

Immerhin einer von ihnen war im Bilde.

»Das sollte nicht witzig sein.« Jo versuchte, ihre Hände frei zu bekommen, sonst zerquetschte er ihr noch die Finger, aber sie hatte keine Chance. Inzwischen hatten seine Worte ihr Gehirn erreicht – alle seine Worte.

»Moment, du denkst doch nicht ... Haha, du glaubst, ich wollte mich umbringen? Und dann auch noch wegen deiner Beleidigungen?« Sie musste lachen, beruhigte sich aber schnell wieder. Erstens war das Ganze nicht sehr lustig, und zweitens verursachten die Erschütterungen einen dumpfen Schmerz, den sie umgehend wieder abstellen wollte.

»Ich hoffe, der Grund ist ein anderer, aber was du vorhattest, liegt doch wohl auf der Hand.«

»So ein Blödsinn!« Trotz der Wärme fröstelte sie und zog sich das Laken bis zum Kinn. Allmählich dämmerte es ihr: Sie hatte sich, schließlich am Strand angekommen, auf eine Bank gesetzt, von der sie einen perfekten Blick auf die Dünen und den darüber stehenden Vollmond hatte. Sie erinnerte sich, dass in dieser Nacht alles so ganz anders ausgesehen hatte als am Tag im gleißenden Sonnenlicht. Die Düne sah samtig weich und irgendwie lebendig aus, fast wie das Rückgrat eines schlafenden riesigen Tieres. Sie hatte malen wollen, dann aber bemerkt, dass sie weder ein Gefäß noch Wasser mitgenommen hatte. Also war sie aufgestanden, hatte ihre Schuhe ausgezogen und ordentlich vor der Bank abgestellt und hatte dann aus einem Mülleimer mit spitzen Fingern einen leeren Plastikbecher gefischt, in dem einmal Kartoffelsalat aufbewahrt worden war. Damit war sie zum Wasser gelaufen, hatte den Becher ausgespült und gefüllt und war zu ihrer Bank zurückgekehrt.

»Ich bin nicht ertrunken, ich habe gemalt«, sagte sie noch immer verwirrt.

»Nee, du bist nicht ertrunken, wärst du aber fast.« Er ließ ihre Hände los und stand wieder auf.

»Jetzt mal ehrlich, Jan«, setzte sie an. »Ich gebe ja zu, dass ich etwas getrunken hatte. Vielleicht auch ein bisschen zu viel, okay. Aber ich wollte wirklich nur malen. Ich brauchte Wasser, das habe ich mir geholt, aber ich erinnere mich genau, dass ich damit zurück zu meiner Bank gegangen bin. Da auf dem Tisch liegt mein Block! Du kannst nachsehen. Wäre ich nicht heil aus dem Wasser gekommen, hätte ich kaum ein Bild zustande gebracht.« Sie freute sich über ihre schlüssige Erklärung. Andererseits fehlten ihr noch immer die letzten Minuten. Und wenn dieser Strandkorbvermieter sie ins Hotel gebracht hatte, musste irgendetwas passiert sein.

Jan hob das Deckblatt hoch, blätterte und sah interessiert ihre Skizzen an. Dann pfiff er anerkennend durch die Zähne. Jo reckte sich, um sehen zu können, welche der Zeichnungen ihm so gefiel. Sie konnte erkennen, dass es ein farbiges Bild war. Es musste das von gestern Abend sein.

»Alle Achtung!«, sagte er beeindruckt.

»Zeig mal!«

Er hob den Block an, und Jo war selbst überwältigt. Genau so hatten die Dünen, hatte der Mond ausgesehen! Und jetzt erinnerte sie sich auch wieder. Sie hatte die Leinenbluse, die sie offen wie eine Jacke getragen hatte, ausgezogen, weil die weiten Ärmel sie beim Malen gestört hatten. Ihr fiel wieder ein, dass sie sie ordentlich zusammengefaltet und auf die Schuhe gelegt hatte. Warum sie es so gemacht hatte, wusste sie nicht mehr. Das Tuschwasser war nach einiger Zeit so verdreckt gewesen, dass sie es austauschen wollte. Also war sie noch einmal zur Uferlinie gelaufen. Mehrfach, wie sie sich jetzt erinnerte. Sie musste beim letzten Mal gestürzt sein. Oder dieser Anton war aufgetaucht, hatte sie angezogen im flachen Wasser stehen sehen und falsche Schlüsse gezogen. Was hatte er überhaupt um die Zeit am Strand verloren?

»Ich weiß nicht mehr, was genau passiert ist.« Sie rieb sich erschöpft die Schläfen. »Aber ich kann dir versichern, dass ich mir nichts antun wollte.«

»Hm«, machte er. Das klang nicht gerade überzeugt.

»Woher weißt du eigentlich, dass ich ... dass ich nach Hause gebracht worden bin?«

»Ich arbeite hier. Schon vergessen? Es gab kein anderes Thema, als ich zum Frühdienst angetreten bin.«

»O Gott, wie peinlich!« Jo zog sich das Laken über den Kopf. »Ich kann mich nirgends mehr blicken lassen«, nuschelte sie darunter hervor. Dann schlug sie die Decke schwungvoll zurück und ließ die Arme darauf sinken. »Ich werde wohl beim Wasserholen gestolpert sein – wenn dieser nette Herr Anton nicht übereifrig war. Mit dir hatte das jedenfalls nichts zu tun«, erklärte sie abschließend und fügte dann doch noch hinzu: »Obwohl du mich ziemlich gekränkt hast.«

»Ich bin wohl ein bisschen über das Ziel hinausgeschossen«, gab er zu.

»Ein bisschen?«

»Ja, ist ja gut. Ein bisschen sehr. Ich habe eben schon mal schlechte Erfahrungen gemacht mit einer jungen Dame, die mich für ziemlich naiv gehalten hat und mich ausnutzen wollte. Deshalb habe ich so überreagiert.«

Jo verschränkte die Arme vor der Brust. Was hatte sie mit

irgendeiner jungen Dame zu tun? Warum musste sie sich beleidigen lassen wegen der Dinge, die die irgendwann getan hatte? Trotzdem: So sehr sie sich auch um einen bösen Blick bemühte, er wollte ihr nicht gelingen. Selbst ein Tyrann hätte bei diesem Anblick nicht hart bleiben können. Jan stand mit hängenden Schultern vor ihr. Er trug die Arbeitshose, ein Hosenbein war bis über das Knie aufgerollt, das andere bis kurz darunter. Sein T-Shirt trug er links herum. Er starrte auf den Boden und nagte auf seiner Unterlippe. Am liebsten wäre sie aufgestanden und hätte ihn in den Arm genommen, doch so einfach war das alles nicht.

»Ich wollte dir wirklich helfen«, sagte sie nachdrücklich. »Weil ich deine Idee gut finde, weil alles, was mit Werbung zu tun hat, mir irrsinnigen Spaß macht. Und weil ich dich mag.«

Jan sah zu ihr herüber. Ein Lächeln huschte über seine Lippen, das einen reichlich zerknirschten Eindruck machte.

»Okay, dann schließen wir Frieden?«

»Machen wir«, sagte sie.

Er kam zu ihr, nahm ihr Gesicht in die Hände und küsste sie behutsam.

»Jetzt muss ich mich aber beeilen, sonst verliere ich noch meinen tollen Job hier.« Er grinste. »Morgen habe ich leider zu tun, aber Dienstag hätte ich Zeit. Wollen wir uns dann sehen?«

»Wenn es dir nicht zu peinlich ist, dich mit mir blicken zu lassen.« Jo war enttäuscht, einen weiteren Tag ohne ihn zu verbringen. Am Samstag war ihr Urlaub schließlich schon zu Ende.

»Ach, was soll's ... Lass' die Leute reden!« Mit drei Schritten war er an der Zimmertür. »Übrigens, Anton war ganz sicher nicht übereifrig. Er ist eine Seele von Mensch und hat heute Morgen schon nach dir gefragt. Du solltest nachher mal zu ihm gehen. Es ist der kleine Mann mit dem dunklen Haarkranz.« Schon war er weg.

»Okay«, rief Jo hinter ihm her.

IV

Jo machte den Montag zu ihrem persönlichen Dankeschön-Tag. Am Sonntag hatte sie die Skizze ausgearbeitet, die sie von dem Strandkorbvermieter gemacht hatte. Die Gesichtszüge wurden verfeinert, auch der Strandkorb, in dem er immer saß, gewann an Details. Schließlich ließ sie noch eine frech zwinkernde Sonne um die Ecke schielen, die ihm die Schweißperlen auf die Stirn trieb. Am Morgen hatte sie einen Rahmen und eine Packung Geleefrüchte gekauft, die Karikatur gerahmt und alles in ihre Badetasche gestopft. Ihr war unbehaglich zumute. Doch es nützte alles nichts, der Gang zu Anton musste sein. Er entdeckte sie, kaum dass sie aus dem Schatten von Strandübergang acht trat. Augenblicklich sprang er aus seinem Korb auf und kam ihr entgegen.

»Da bin ich aber froh, dass es Ihnen wieder besser geht!« Seine Augen wurden zu Schlitzen, so sehr freute er sich. »Es geht Ihnen doch wieder gut?«

»Ja, vielen Dank, es geht mir blendend.«

»Kommen Sie, setzen Sie sich zu mir in den Schatten.«

»Danke schön.« Jo hockte sich neben ihn in den Strandkorb. Sie holte tief Luft.

»Sie haben mir aber auch einen Schrecken eingejagt«, kam er ihr zuvor. »Kindchen, Sie könnten jetzt tot sein!«

»Na, na! Ich war doch höchstens bis zu den Waden im Wasser«, wiegelte sie ab. »Oder bis zu den Knien.« Das Dumme war, sie wusste es nicht mehr.

»Im flachen Wasser ertrinken die meisten.«

»So? Na, wenn die sich so ungeschickt anstellen wie ich, ist das kein Wunder. Ich wollte Wasser zum Malen holen, und da muss ich irgendwie das Gleichgewicht verloren haben.« Selbst in Jos eigenen Ohren klang das wie eine dämliche Ausrede. Da hätte sie gleich: »Ich war so unglücklich. Das hat doch alles keinen Sinn mehr«, sagen können. Bevor er nachfragen konnte, öffnete sie ihre Tasche und beugte sich darüber. Sie holte die Präsente hervor.

»Auf jeden Fall wollte ich mich ganz herzlich bei Ihnen bedanken, dass Sie zur Stelle waren und mir geholfen haben. Ich hoffe, Sie mögen das.« Sie reichte ihm Bild und Süßigkeiten.

»Wie nett! Kindchen, das muss doch nicht sein. Hauptsache, Sie sind wieder fein beieinander.« Er schob die Geleefrüchte zur Seite und entdeckte Jos Zeichnung. »Das bin ich ja ich! Haha, die paar Haare, das bin ich. Eindeutig! Haben Sie das gemacht?«

»Ja.«

»Das ist gut!« Wieder zogen sich die Augen zu Schlitzen zusammen, während er sich vor Lachen auf das braungebrannte Knie schlug.

Eine Familie mit drei Kindern kam den Strandübergang herab. Der Mann war mit zwei großen Taschen und einem Schirm bepackt, die Kinder trugen Wasserbälle und ein knallgrünes aufgeblasenes Krokodil, die Frau hatte nur eine Zeitschrift in der Hand.

»Moin, Moin, sehen Sie sich das an!«, rief Anton ihnen entgegen und hielt die Karikatur in die Luft. »Erkennen Sie den, Herr Leitner?«

»Das sind Sie«, sagte der Mann, offenbar ein Stammgast.

»Genau!« Wieder klopfte Anton sich lachend auf das Knie. »Haha, die Haare sind lustig.«

»Wir hätten gern einen Strandkorb in der ersten Reihe«, meldete sich Frau Leitner zu Wort.

»Wie immer«, meinte Anton fröhlich. »Ich habe Ihnen die fünfzehn frei gehalten.«

»Wie immer«, sagte der Mann leise und trottete hinter seiner Familie her.

»Sie sind aber wirklich begabt«, freute sich der kleine Mann.

»Schön, dass es Ihnen gefällt. Dann will ich mich mal ein bisschen in die Sonne legen.« Jo machte Anstalten aufzustehen.

»Sie machen das nicht wieder, ja?«

»Nein, ich meine ... Das war doch keine Absicht!«

»Kindchen, die Zeit heilt alle Wunden. Das ist nicht nur so ein Spruch, das ist wahr. Nachdem meine Frau starb, habe ich auch gedacht, für mich lacht die Sonne nicht mehr.« Er war für einen kurzen Moment ganz weit weg. »Aber sie tut das man doch. Sehen Sie!« Er zeigte mit dem Finger auf das lustige Gesicht, das Jo der Sonne gezeichnet hatte.

»Es war wirklich keine Absicht«, bekräftigte sie. »Ich hatte einfach zu viel getrunken. Mein Vater ist letztes Jahr gestorben. Und gestern Nacht unter diesem unglaublich schönen Mond ... Da war er mir plötzlich so nah.« Sie erzählte ihm die ganze

102

Geschichte, angefangen von den Urlauben ihres Vaters bis zu der Begegnung mit Jette. Danach fühlte sie sich befreit und war sehr froh, dass sie Jans Rat gefolgt und zu Anton gegangen war.

Das zweite Dankeschön des Tages würde ihr erheblich leichter fallen. Mit einem Korb voller Leckereien, die Sönke zur nächsten Tour mit der *Aldebaran* mitnehmen konnte, wanderte sie zum Althäger Hafen. Er war nicht da. Unentschlossen setzte sie sich für einen Moment auf die Bank. Letzte Nacht war sie auch hier gewesen. Trotzdem kam es ihr vor, als sei es ein völlig anderer Ort gewesen. Ihr Blick wanderte hinauf zum Himmel. Da fiel es ihr schlagartig ein: Sie hatte gesungen! Wenn sie nur niemand beobachtet hatte. Und wenn schon! Das Lied war schön, und sie hatte keine schlechte Stimme. Leise begann sie, die Melodie zu summen. Ein wenig hoffte sie, an dem blauen Sommerhimmel würde sich ein Stern zeigen. Doch das geschah natürlich nicht.

Nach einigen Minuten griff Jo den Korb und ging langsam um das Hafenbecken zurück. Sie schlenderte zum Räucherhaus und betrachtete noch einmal das Foto, das ihren Vater und die brünette Frau zeigte. Sie saßen inmitten feiernder Menschen. Es konnte eine harmlose Umarmung sein, eine zufällige Begegnung ohne jegliche Bedeutung. Ebenso gut konnten sie ein Verhältnis gehabt haben. Wie sollte sie das nur herausfinden? Sie konnte sich schlecht das Bild aushändigen lassen und damit von Haus zu Haus gehen, auf der Suche nach jemandem, der etwas über die Unbekannte wusste.

»Hallo, Jo, was machst du denn hier?« Sönke stand mit einer Werkzeugtasche und einem Lacktopf vor ihr.

»Sönke, wie schön. Ich wollte zu dir.«

»Oh.«

»Keine Sorge, ich will dir nicht viel Zeit stehlen, wenn du zu tun hast.« Sie deutete auf seine Tasche und die Farbe.

»Kein Problem, das kann warten. Komm!«

Er sprang leichtfüßig vom Steg auf sein Boot und half ihr, ebenfalls an Bord zu kommen.

»Der ist für dich«, sagte sie und stellte den Präsentkorb ab. »Ein kleines Dankeschön für den zauberhaften Ausflug und die gute Verpflegung.«

»Danke sehr. Hmm, das sieht aber appetitlich aus. Da kriege ich ja gleich Hunger.«

»Tu dir keinen Zwang an.«

»Wie lange bleibst du noch? Wir könnten noch mal rausfahren, wenn du Lust hast.«

»Am Samstag reise ich ab.« Der Gedanke gefiel ihr gar nicht. »Es wäre toll, wenn wir noch eine Tour machen könnten. Wenn du Zeit hast ...«

»Ich überlege noch immer, woher ich dich kenne«, sagte er unvermittelt. »Das war nicht nur so ein Spruch. Entweder haben wir uns schon irgendwo gesehen, oder du siehst jemandem ähnlich. Ich komme nur nicht darauf, wem.«

»Wahrscheinlich habe ich ein Allerweltsgesicht. Ich sehe jedem irgendwie ähnlich.«

»Nein, im Ernst. Mir fällt das noch ein.«

Sie plauderten eine Weile über Jos Leben in Hamburg, über das mitunter merkwürdige Verhalten von Touristen, über die Seefahrt.

»Kennst du jemanden auf den Fotos vom Räucherhaus?«, fragte Sönke plötzlich.

»Nein, das heißt ... ich bin nicht sicher. Warum?«

»Ich meine nur, weil du vorhin regelrecht vertieft in die Fotos warst.«

»Da war eine Frau mit braunen Haaren. Die kam mir irgendwie bekannt vor. Kennst du ein paar von den Leuten?«

»Ich habe mir die Bilder nie wirklich angesehen. Also, am Anfang, als der Kasten neu war, da hat jeder mal geguckt, ob er einen kennt. Ob das noch die gleichen Bilder sind, weiß ich gar nicht.«

»Waren denn nur Gäste darauf oder auch Einheimische?«

»Damals waren auch Einheimische dabei. Warum? Wen glaubtest du denn zu erkennen?«

Jo glaubte zwar nicht an den Zufall, dass Sönke ihr etwas über die Fremde sagen konnte. Aber was hatte sie zu verlieren?

»Würde es dir etwas ausmachen, kurz einen Blick auf das Foto zu werfen? Ich will sowieso langsam los. Es wäre wirklich klasse, wenn du mir auf die Sprünge helfen könntest, sonst grüble ich die gesamten letzten Tage.«

»So geht es mir mit dir.« Er schnaufte. »Klar komme ich mit.«

»Die da, die Frau mit den rötlich-braunen Haaren. Kennst du sie?« Sie standen vor dem Glaskasten, und Jo beobachtete ihn aufmerksam.

»Keine Ahnung, tut mir leid.«

Sie war enttäuscht, hatte allerdings nichts anderes erwartet.

»Wenn du mich nach dem gefragt hättest ...« Er deutete auf ihren Vater. »Über den hätte ich dir etwas erzählen können.«

»Ach ja?«

»Ja, er ist einer der wenigen Stammgäste, die ich kenne. Na

ja, kennen ist zu viel gesagt. Man hat ihn öfter gesehen. Der hat viel hier im Hafen gemalt, wollte auch einmal mein Schiff mieten.«

Jo musste schlucken. »Und, seid ihr zusammen rausgefahren?«

»Ich nehme keine Touristen mit, das weißt du doch. Das war schon so, als ich die *Aldebaran* gerade erst übernommen hatte.«

»Bei mir hast du auch eine Ausnahme gemacht.«

»Das war privat. Das ist etwas ganz anderes.«

»War er nett?«

»Wir haben nur ein paar Worte gewechselt. Aber er schien ganz lustig zu sein. Die Frauen jedenfalls waren alle hinter ihm her.«

Jo blieb die Spucke weg. »Hinter dem? Ich finde, er sieht ganz schön mürrisch aus. Alle anderen lachen, nur seine Mundwinkel zeigen nach unten. Und dann die Frisur! Schon ganz grau, an den Seiten diese langen Fusseln, oben nur noch einzelne Haare ...«

Sönke nickte. »Bei den älteren Damen konnte ich das noch verstehen. Die legen bei einem Mann wohl nicht mehr so viel Wert auf das Äußere. Es gab aber auch genug Jüngere, die mit ihm geflirtet haben. Das fand ich auch etwas gewöhnungsbedürftig. Muss wohl sein Künstlercharme gewesen sein.«

»Ja, das muss es wohl gewesen sein ... Ist er immer alleine hier gewesen?«

»Er kam allein. Angeblich hatte er hier aber eine feste Freundin. Ob er trotzdem etwas mit anderen hatte, weiß ich nicht. Ich will mich auch nicht an den Spekulationen beteiligen. Einige behaupten sogar, er hätte ein Kind auf dem Darß gezeugt. Keine Ahnung, ob's stimmt. Und wenn, ist es seine Sache. Da gehören immer zwei dazu.«

Jo hörte kaum noch zu. Ein Kind? Die Leute redeten viel, zerrissen sich das Maul, wenn jemand nicht allzu viel von sich preisgab. Meistens war indes ein Fünkchen Wahrheit daran.

»Habe ihn lange nicht mehr gesehen. Der macht jetzt wohl woanders Urlaub.«

Sie lief die Stufen zum Hotel hinauf. Ihr schwirrte der Kopf. Gestern noch die Freude über die Versöhnung mit Jan, heute diese unfassbaren Neuigkeiten über ihren Vater. Er sollte ein Filou gewesen sein, der seine Frau betrogen hat? Sollte er tatsächlich ein Kind gezeugt haben? Jo konnte es sich beim besten Willen nicht vorstellen. Einmal blitzte die Frage in ihrem Kopf auf, warum sie bloß hierher gekommen war. In der nächsten Sekunde wusste sie, dass es die richtige Entscheidung war. Wenn sie eine Halbschwester oder einen Halbbruder hatte, dann wollte sie sie oder ihn kennenlernen. Aber vielleicht war sowieso nichts davon wahr. Jo ließ sich ihren Zimmerschlüssel geben.

»Und hier ist auch eine Nachricht für Sie. Bitte schön!« Eine hagere Rezeptionistin mit langen schwarzen Haaren, deren Dialekt verriet, dass sie nicht in dieser Gegend aufgewachsen war, sondern aus Süddeutschland kam, reichte ihr den Schlüssel und ein Kuvert.

Auf dem Weg zu ihrem Zimmer riss Jo den Umschlag auf und fischte ein Blatt heraus, das von einem Notizblock abgerissen worden war.

Ich hole dich morgen um sechzehn Uhr am Hotel ab. Zieh eine lange Hose an! Jan, stand da.

Was hatte das wieder zu bedeuten? Sie seufzte, warf den Zettel auf den Nachttisch und ließ sich rückwärts auf ihr Bett fallen.

Es war eindeutig zu warm für eine lange Hose. Aber da Jan sie so ausdrücklich darum gebeten hatte, erschien Jo nun pünktlich und schwitzend in einer Jeans auf der Hotelterrasse. Sie ging langsam zur Treppe, um auf der Straße nach einem weißen Käfer Ausschau zu halten. Der kleine Wagen war noch nicht in Sicht. Gerade wollte sie kehrtmachen, um Schatten aufzusuchen, da sah sie ihn.

»Das glaube ich einfach nicht!«

Jan saß auf einem schwarzen Pferd. Ein weiteres, eines mit rötlich-braunem Fell und weißem Stern, führte er am Zügel. Als er Jo entdeckte, brachte er die beiden Tiere zum Stehen und winkte ihr zu. Die Blicke der Urlauber, die eben noch dem Mann hoch zu Ross gegolten hatten, wanderten nun auf die Terrasse und erfassten Jo. Sie schloss die Augen und atmete hörbar aus. Das konnte doch nicht sein Ernst sein!

»Du wolltest doch reiten«, rief Jan über die Straße hinweg. »Worauf wartest du?«

»Ich wollte ...? Wie kommst du denn darauf?«, fragte sie so leise, dass er sie unmöglich hören konnte. Sie hatte keine Lust, sämtliche Passanten zu unterhalten. Unentschlossen ging sie die Stufen hinab. Vom Bürgersteig sahen die Tiere noch größer aus als von der erhöht liegenden Terrasse.

Jan war inzwischen abgesessen und band die Zügel seines Pferdes an ein Bushaltestellenschild.

»Überraschung gelungen?«, fragte er und küsste sie zur Begrüßung.

»Das kann man wohl sagen«, antwortete sie tonlos.

»Darf ich vorstellen? Das ist Molly, eine ganz liebe Stute.
Molly, das ist Josefine, eine ziemlich eigensinnige Hamburgerin. Aber sie ist ganz nett.«

»Ganz nett?« Sie tat empört.

»Ach doch, ja.« Er lachte. »Du kannst Molly ruhig mal strei-
cheln, bevor wir starten, damit sie dich kennenlernt.«

Jo streckte zaghaft die Hand zum Maul und kraulte es vorsichtig. Es fühlte sich weich wie Samt an. Jetzt, als sie direkt vor
dem Pferd stand, erschien es ihr geradezu riesig.

»Wieso denkst du, dass ich unbedingt reiten will?«

Er sah sie mit vor Erstaunen geweiteten Augen an. »Du hat-
test neulich an der Rezeption den Prospekt in der Hand. Ich
ging davon aus, dass du einen Reitausflug buchen willst.«

Jetzt fiel es ihr wieder ein. Sie hatte in dem Informations-
blatt gelesen, als sie an der Rezeption stand, um ihr Zimmer
vorzeitig zu stornieren. Völlig wahllos hatte sie an dem Morgen in den Prospektständer gegriffen, nur, um sich in irgendetwas vertiefen zu können, bis Jan endlich gegangen wäre.
Aber er war nicht gegangen. Und nun wusste sie, wie genau er
sie beobachtet hatte.

»Ich habe nur geguckt«, sagte Jo hilflos.

»Oh.« Er sah enttäuscht aus, fing sich aber schnell wieder.
»Macht nichts, es wird dir trotzdem gefallen.«

Da war sie nicht so sicher.

»Ich bin noch nie geritten«, gab sie zu bedenken und hoffte
sehr, das würde seinen Plan ändern.

»Das lernst du ganz schnell. Molly ist das perfekte Anfänger-Pferd.«

»Sie ist riesig. Ich weiß ja nicht einmal, wie ich in den Sattel kommen soll.«

Jan erklärte ihr, wo sie welchen Fuß lassen, wo sie sich festhalten sollte. Das klang einfach. Trotzdem war Jo nicht wohl in ihrer Haut. Sie spürte die Blicke der anderen Hotelgäste, die bei Kaffee und Kuchen auf der Terrasse saßen. Hätte er sie nicht mit dem Auto abholen und zu einem Pferdehof fahren können?

»Die Stute ist doch mindestens zwei Meter hoch«, jammerte sie verzweifelt.

»Nicht ganz, nur ungefähr eins siebzig.« Er drückte ihr die Zügel in die Hand.

»Nur? Du bist witzig!« Ihre Beine hatten die Konsistenz von Pudding angenommen. Wie sollte sie sich damit kräftig hochstemmen, wie er ihr gesagt hatte?

»Soll ich dir helfen?«

»Nein, nein, das kriege ich schon hin.« Jo sah ihn schmunzeln und stellte sich vor, wie sie wie ein nasser Sack an dem Gaul hing und er versuchte, ihren Po nach oben zu drücken. Kam nicht in Frage. Sie musste es allein schaffen. Und zwar möglichst elegant.

»Ich zeig's dir«. Er löste auch schon den Zügel seines Hengstes von dem Straßenschild. »Den Fuß hier rein ...« Er schlüpfte in den Steigbügel. »Hier festhalten ...« Mit beiden Händen griff er in den Sattel, den Zügel hatte er lässig zwischen zwei Fingern hängen. Ein Schwung, und er saß auf dem schwarzen Tier.

»Okay! So, Molly«, flüsterte sie, »wir müssen jetzt beide stark sein. Bleib du nur stehen, den Rest mache ich. Ich versuch's jedenfalls.« Der Steigbügel war so hoch, dass Jo wünschte, sie wäre gelenkiger. Sie schaffte es, ihren Fuß zu platzieren. Woher sollte sie in dieser unmöglichen Haltung, das Knie auf Höhe ihres Bauchnabels, die Kraft nehmen, um aufzusitzen?

»Ja, genau«, kommentierte Jan. »Und jetzt Schwung holen und hoch mit dir!«

Eine Mutter mit zwei Kindern stand da. Die drei sahen mit unverhohlener Neugier zu. Ein Junge mit einem Eis und ein junges Pärchen gesellten sich dazu. Jo war gereizt und überlegte kurz, ob sie Gage für die Vorstellung verlangen sollte. Dann entschied sie sich, die Sache lieber schnell hinter sich zu bringen. Sie griff nach dem Sattel, sprang mit dem Bein ab, das noch Bodenkontakt hatte, zog und stemmte sich gleichzeitig und landete zu ihrer eigenen Verwunderung auf dem Pferderücken.

»Geht doch«, rief Jan fröhlich.

Jo atmete erleichtert aus und tätschelte Molly den seidigen Hals: »Danke, dass du keine Faxen gemacht hast!«

»Und jetzt ganz locker.« Jan zupfte ein wenig an den Zügeln und übte mit den Beinen kaum sichtbar Druck auf den Leib seines Hengstes aus. Der setzte sich in Bewegung und schritt elegant dahin. Jo zog ebenfalls kurz an den Zügeln, schon ging Molly gemächlich mit langen Schritten hinter ihrem Artgenossen her. Sie schlugen die östliche Richtung ein. Jo streckte das Kreuz durch und fühlte sich sehr elegant. Reiten war ja ganz einfach! Jetzt war es ihr überhaupt nicht mehr peinlich, sondern sie freute sich über die Blicke der Fußgänger. Schnell erreichten sie den Darßer Wald. Sie verließen den Asphalt und bewegten sich auf Sandboden. Das Laub spendete angenehmen Schatten, und es roch herrlich nach Kiefern. Jan gab ein Kommando, woraufhin Fritz, sein Hengst, in einen gleichmäßigen Trab wechselte.

»Komm, Molly, hinterher«, flüsterte Jo in das braune Ohr, das ständig in Bewegung war, sich ausrichtete oder Mücken verscheuchte. Sie zupfte an den Zügeln, klopfte mit den Oberschenkeln gegen das Tier, ohne Erfolg. Im Gegenteil: Molly blieb stehen und knabberte an einem blühenden Busch.

»Sie will nicht«, schrie Jo hinter Jan her, der sich rasch entfernte.

»Komm, Molly, lauf!«, schrie er zurück und drehte sich kurz um.

Molly zeigte sich gänzlich unbeeindruckt. Ihr schien es vorzüglich zu schmecken.

»Na los, lauf schon! Bitte!« Keine Reaktion. Zu allem Überfluss senkte die Stute nun auch noch den Kopf, um von dem saftigen Gras zu probieren, das am Wegesrand üppig wucherte. Dabei zog sie natürlich den Zügel mit sich, der Jo aus den Fingern glitt.

»Toll«, murrte Jo. Ganz so einfach war das mit dem Reiten anscheinend doch nicht. »Jan!«

Sie sah, wie er mit seinem Pferd langsamer wurde, umdrehte und zu ihr zurückkam.

»Der Zügel ist viel zu kurz. Wenn sie den Kopf neigt, kann ich den nicht halten.«

»Sie darf den Kopf nicht neigen«, erklärte Jan. Er sprang ab und reichte Jo den Lederriemen hoch. »Lass sie nicht fres-

112

sen unterwegs. Erstens kommen wir dann nicht voran, und zweitens ist das nicht gut für sie. Sie bekommt nachher genug. Jetzt soll sie erst mal laufen.« Er tätschelte der Stute das Maul und schwang sich wieder auf seinen Hengst. »Okay, kleine Einführung.« Mit wenigen Worten und Gesten brachte er Jo bei, wie sie Molly zu einem Richtungs- oder Tempowechsel bringen konnte. »Mach keine ruckartigen Bewegungen. Du brauchst nie an einem Pferd herumzuzerren oder es anzuschreien. Wenn ihr euch erst mal aneinander gewöhnt habt, sollte es reichen, wenn du intensiv an das denkst, was du von ihr willst.«

»Aha«, erwiderte Jo wenig überzeugt.

Wieder fingen sie langsam an und wechselten nach einer Weile in den Trab. Jo beherzigte seine Ratschläge, und Molly lief vorbildlich. Ab und zu drehte sich Jan nach ihr um. Eine Zeitlang ritten sie auch nebeneinander her.

»So ist es genau richtig«, lobte er. »Jetzt können wir mal ein bisschen schneller werden.« Ohne ihre Reaktion abzuwarten, gab er Fritz das Kommando. Der Hengst preschte los.

»Wir haben Zeit«, säuselte Jo Molly zu. »Wir müssen nicht ...« Weiter kam sie nicht, denn die Stute hatte offenbar beschlossen, es diesem arroganten Hengst zu zeigen. Sie galoppierte los, holte rasch auf. Jo klammerte sich panisch fest.

»Hey, übertreib nicht!«, rief Jan lachend.

»Sprichst du mit mir oder dem Pferd?« Sie warf ihm einen raschen Blick zu, während sie an ihm vorüberflog.

»Nicht verkrampfen, ganz locker!«

»Witzig, wirklich witzig!« Jo musste blitzschnell den Kopf einziehen, denn Molly kümmerte es keinen Deut, dass ihre

Reiterin längst nicht unter jedem Ast hindurch passte, der über den Weg ragte.

»Du hast mir nicht gesagt, wo die Bremse ist«, schrie Jo, die jetzt wirklich Angst hatte.

Jan schloss auf.

»Lass dich auf ihren Rhythmus ein. Und nicht verkrampfen!«

Sie wollte eine schnippische Antwort geben, musste sich aber zu sehr konzentrieren, um allen Ästen auszuweichen und um herauszufinden, welchen Rhythmus er meinte. Sie atmete tief durch und zwang sich zur Ruhe, so wie sie es immer vor wichtigen Meetings machte. Plötzlich konnte sie sich entspannen. Ihre Muskeln wurden weicher, und sie drückte sich ganz leicht aus dem Sattel und ließ sich wieder hineingleiten. Molly gab den Ton an, und irgendwann fühlte es sich für Jo an, als sei sie mit dem Tier verschmolzen. Sie hörte den keuchenden Atem, roch die Ausdünstungen und geriet fast in eine Art Meditation durch das gleichmäßige Auf und Ab.

In Wieck machten sie Station. Jo war einerseits froh, wieder auf ihren Füßen zu stehen, wollte andererseits aber unbedingt noch weiter.

»Das müssen wir auch. Mein Auto steht am Reitstall. Wir müssen die beiden auf jeden Fall dahin zurückbringen. Und das ist noch ein ganzes Stück«, erklärte Jan.

»Ich könnte nicht einmal sagen, wie lange wir jetzt unterwegs waren«, sagte sie atemlos. »Zum Schluss war ich wie in Trance.«

»Puh, ich bin froh, dass es dir gefällt. Am Anfang dachte ich schon, das sei nicht dein Ding.«

»Als ich dich mit den beiden Riesenpferden gesehen habe, hätte ich dich am liebsten zum Teufel gewünscht. Herrje, ich habe doch noch nie auf so einem Tier gesessen. Ich habe noch nicht mal eines aus der Nähe gesehen.«

»Echt nicht? Ich denke, alle kleinen Mädchen machen mal Urlaub auf dem Ponyhof.«

»Ich war nie ein Fan von Hanni und Nanni. Also Ponys habe ich natürlich schon mal aus der Nähe gesehen und auch angefasst. Aber noch nie ein richtiges Pferd.«

Sie ließen Molly und Fritz im Schatten einer Buche zurück und spazierten über das Kopfsteinpflaster auf ein rotes Backsteingebäude zu.

»Hast du Lust, dir die Galerie anzusehen?«, fragte Jan.

»Gern.«

Die Galerie Künstlerdeck hatte bereits geschlossen.

»Schade.« Jan studierte die Öffnungszeiten. »Wir sind eine Viertelstunde zu spät.« Er presste die Nase an die Scheibe und legte wegen der reflektierenden Sonne seine Hände um sein Gesicht. »Scheint keiner mehr da zu sein.«

Jo tat es ihm gleich.

»Wirklich schade«, sagte sie. »Wie es aussieht, haben die nicht nur das Bilder-Einerlei, das man sonst meistens sieht.« Sie betrachtete die Ausstellungsstücke, so gut es eben ging. Vor allem die Keramik gefiel ihr. Sie beschloss, an einem anderen Tag wiederzukommen. Gerade wollte sie sich abwenden und zu Jan und den Pferden gehen, als sie ein Plakat entdeckte, das für die Ausstellung einer Bildhauerin warb. Nun drückte auch Jo ihre Nase an der Scheibe platt. Das war doch ... Ja, das war die Brünette auf dem vergilbten Foto in der Glasvitrine des

Räucherhauses. Jo bedauerte noch mehr, dass sie nicht in die Galerie gehen konnte.

»Keiner da. Wir kommen nicht rein.« Jans Stimme war ganz dicht an ihrem Ohr. Sie hatte vor lauter Konzentration nicht bemerkt, dass er zurückgekommen war. Er schlang von hinten seine Arme um ihre Taille und küsste sie auf den Hals.

»Nein, macht ja nichts«, erwiderte sie abwesend. Sie kniff die Augen zusammen, um die Adresse des Ateliers lesen zu können, in der die Bildhauerin ihre Werke zeigte. Dann schloss sie die Augen, prägte sich den Straßennamen ein und überließ sich seinen Lippen, die hinabwanderten zu ihrer Schulter.

»Ich bin ganz verschwitzt«, murmelte sie mit angewidert kraus gezogener Nase.

»Mmh«, machte Jan und schnupperte sich zu ihrem Ohr hinauf. Sie spürte seine Zunge. »Ganz salzig«, raunte er.

Sie drehte sich in seinem Arm zu ihm um und küsste seine Wangen.

»Du schmeckst aber auch ganz würzig.«

Er lachte auf. »Los, aufsitzen, bevor du mich noch anknabberst.«

»Wenn schon, dann vernasche ich dich mit Haut und Haaren.«

»Später, wir müssen erst die Pferde in den Stall bringen.«

»Einverstanden.« Jo warf ihm einen vielversprechenden Blick zu.

Nach etwa noch einmal der gleichen Strecke, die sie nach Wieck geritten waren, erreichten sie den Zingster Osterwald. Birken und Eichen breiteten ihre leuchtend grünen Blätter über sie aus. Jo gefiel es hier noch besser als in dem Darßer Urwald, den sie bisher durchquert hatten. Es waren einfach weniger Menschen unterwegs. Die Wanderwege, die sie zu Beginn ihres Ritts überquert hatten, waren regelrecht überlaufen. Jetzt trafen sie kaum noch einen Menschen. Dafür sahen sie eine Gruppe Rehe auf einer Lichtung und einmal sogar einen Hirsch, der eilig davonstob, als sie sich mit dumpfem Hufgeklapper näherten.

Der Reitstall lag versteckt zwischen uralten Kiefern und Buchen. Jo sah ihn erst, als sie nur noch wenige Meter von der Einfahrt trennten. Auf einer Koppel, die sich hinter dem Hauptgebäude erstreckte, standen mindestens dreißig Pferde. Ihr stockte der Atem bei dem Anblick. In ihrem ganzen Leben war ihr nicht bewusst gewesen, wie majestätisch diese Tiere waren.

Sie half, Molly von dem Sattel zu befreien. Silke, eine Freundin von Jan, die so vertraut mit ihm umging, dass Jo eifersüchtig wurde, lud sie noch auf ein Getränk ein.

»Ihr habt bestimmt ordentlich geschwitzt«, vermutete sie.

»Wir sind fast verdurstet«, bestätigte Jan und berührte kurz ihren Arm. »Ist lieb von dir, uns etwas anzubieten.«

Sie saßen unter einer riesigen Buche auf einer grobgezimmerten Bank, deren Sitzfläche die Hälfte eines der Länge nach durchgesägten Baumstamms war. Amseln, Meisen und ein Zaunkönig zwitscherten um die Wette, mehrere Spechte untermalten ihren Gesang mit hohem Klopfen. Wäre ihre Mutter nicht aufs Land gezogen, hätte Jo die Vogelstimmen niemals erkannt. Und auch so blieb noch genug Piepen und Tschilpen, Krächzen und Flöten übrig, das sie nicht zuordnen konnte.

»Du wirst morgen einen ausgewachsenen Muskelkater

haben«, kündigte Silke an. Sie war auf einem Reitstall in Hessen aufgewachsen, als junges Mädchen für ein Turnier hierher gekommen und hängengeblieben. Bei einem Einheimischen, der jetzt ihr Mann war, wie Jo erfreut zur Kenntnis nahm.

»So schlimm wird es schon nicht werden.«

»Wart's ab!« Silke lachte.

Als Jo kurz darauf aufstand, um sich zu verabschieden, zog ein reißender Schmerz durch ihren Oberschenkel.

»Herrje«, stöhnte sie lachend, »ich habe bestimmt einen Gang wie John Wayne.«

Sie fuhren die Straße zurück nach Ahrenshoop. Jo musste ständig aus dem Fenster sehen, hinaus in die Wälder, die sie auf dem Rücken der Pferde durchstreift hatten.

»Das war wirklich ein schöner Nachmittag.« Sie strahlte ihn an. »Danke! Ich fürchte, du kommst nicht um einen Besuch in Hamburg herum, damit ich mich mal revanchieren kann.«

»Mal sehen, ob ich das schaffe.«

Jo boxte ihn gegen das Bein.

»Au!«, schrie er. »Ist ja gut, ich komm ja.«

Sie erreichten das Künstlerdorf.

»Muss ich dich am Hotel absetzen, oder kommst du gleich mit zu mir?«

»Ich würde gerne duschen und mich umziehen.«

»Du musst aber nicht denken, dass wieder so ein netter Techniker in deinem Bad steht, wenn du aus der Dusche kommst. Es sei denn ...« Er beugte sich zu ihr herüber und gab ihr einen Kuss, »... du schnappst deine Sachen und duschst bei mir.«

Die Schmetterlinge erwachten.

»Klingt verführerisch.« Jetzt beugte sie sich zu ihm, um ihn lange und zärtlich zu küssen.

Hinter ihnen hupte jemand. Natürlich, der Käfer stand mal wieder mitten auf der Straße.

»Okay«, sagte Jo, »ich hole meine Sachen. Wir treffen uns dann bei dir.«

Jo stand in seinem Bad unter seiner Dusche. Noch vor kurzem war sie sicher, dass sie diesen Flirt, der so nett hätte werden können, gemeinsam vermasselt hatten. Jetzt war wieder alles offen. Ob mehr daraus würde, ob sie trotz der Entfernung eine Chance hatten, etwas zu entwickeln, wusste sie nicht. Sie wollte sich auch keine Gedanken darüber machen, sondern nur noch genießen.

»Hunger?«

Der Duschvorhang wehte und verriet, dass Jan die Tür geöffnet hatte.

»Appetit«, antwortete sie. »Ich wollte dich doch vorhin schon anknabbern.«

»Moment!« Er lugte vorsichtig um den Vorhang herum. »Du wolltest mich vernaschen. Und zwar mit Haut und Haaren, wenn ich mich richtig erinnere. Von wegen nur anknabbern.«

Jo schob das Plastik zur Seite und beugte sich vor, als wolle sie ihn küssen. Als er ihr sein Gesicht entgegenhielt, schüttelte sie schwungvoll ihr Haar.

»Hey, ich hab schon geduscht. Na warte!«

Mit einem Schritt war er bei ihr in der Wanne. Sie lachte

laut auf. Damit hatte sie nicht gerechnet. Immerhin trug er noch seine Shorts. Jo zog ihn zu sich unter den Wasserstrahl. Er nahm sie in den Arm, küsste sie fest auf die nassen Lippen.

»Ich habe auch Appetit«, flüsterte er, naschte ihr die Tropfen von den Wangen.

Sie spürte, dass er erregt war. Der raue nasse Stoff, an dem sich Jo rieb, steigerte auch ihre Lust. Sie wollte nicht mehr warten. Ihre Hände streichelten über seinen Rücken, an den Lenden entlang zu seinem Bauch. Sie öffnete seine Hose.

Jan sog hörbar die Luft ein. »O Gott, die kriege ich nie runter«, seufzte er.

Jo warf den Kopf zurück und lachte. »Ich helfe dir.«

Mit vereinten Kräften zerrten sie ihm die Jeans vom Körper. Er stieg heraus, machte dabei einen Schritt auf sie zu und drängte sie gegen die Wand. Noch immer prasselte das Wasser auf sie nieder, während er zum ersten Mal in sie eindrang. Spielerisch glitt er wieder heraus, küsste und leckte ihren Hals, saugte sich an den Brüsten fest. Er ließ sich auf die Knie sinken, seine Zunge kreiste um ihren Bauchnabel, tastete sich dann weiter hinab. Jo hielt es kaum noch aus. Sie schloss die Augen, keuchte, wühlte ihre Hände in sein Haar. Langsam stand er wieder auf und drehte das Wasser ab.

»Komm!« Seine Stimme war rau vor Erregung. Sie hinterließen eine nasse Spur auf dem Weg nach oben in sein Schlafzimmer.

»Ich hatte vorhin schon Hunger«, beschwerte Jan sich und wendete die Würstchen auf dem Grill. »Aber Frauen haben ja immer nur das eine im Kopf.«

»Klar!« Jo sah ihn herausfordernd an.

»Nicht schon wieder.« Er hob tadelnd den Finger. »Erst essen. Danach können wir über alles reden.«

Max lag im Gras und spähte zu ihnen herüber. Er bettelte nicht und gab wie üblich keinen Laut von sich, doch er ließ den Grill und dessen köstliche Fracht keine Sekunde aus den Augen.

Bis spät in die Nacht saßen sie auf seiner Terrasse. Sie sprachen über seine Idee, über die Badekarren und über Werbung, ohne sich dieses Mal in die Haare zu kriegen. Irgendwann erzählte Jo von ihrem Vater, von dem, was sie über ihn gehört hatte. Jan stellte ihr viele Fragen, wollte alles genau wissen. Sein Interesse an ihr war echt, und das tat ihr gut. Sie sagte ihm, dass sie vorhabe, die Bildhauerin aufzusuchen, deren Plakat sie in Wieck entdeckt hatte.

»Vielleicht erinnert sie sich an meinen Vater. Wer weiß, vielleicht ist sie sogar die geheimnisvolle feste Freundin.«

»Die angebliche Freundin«, korrigierte Jan.

»Ja, die angebliche.«

»Wenn du willst, komme ich mit.«

»Das ist lieb, danke, aber ich denke, das sollte ich allein tun.«

»Okay.«

Max schnarchte unüberhörbar. Auch Jo war todmüde. Es war ein langer aufregender Tag gewesen.

»Gehen wir ins Bett«, meinte Jan. »Sonst wird es gleich hell, und die Vögel werden munter. Dann kriegen wir kein Auge zu.«

Trotz dieses Risikos schliefen sie noch einmal miteinander und fielen hinterher, eng umschlungen, sofort in den Schlaf.

Jo wachte alleine auf und fand ihn in der Küche.

»Ich habe mal lieber alleine geduscht. Sonst kriegen wir kein Frühstück«, erklärte Jan.

»Wenn dir das wichtiger ist ...« Sie schmunzelte und gab ihm einen Guten-Morgen-Kuss.

»Willst du schon Kaffee?«

»Gerne.« Sie nahm ihren Becher und ging damit hinaus auf die Terrasse. Es war herrlichstes Ostsee-Wetter: leichter Wind und ein blauer Sommerhimmel, garniert mit kleinen Wolken. Zwischen den Büschen und Sträuchern hindurch konnte sie auf das Nachbargrundstück sehen. Dort erschien ein Mann, den sie auf sechzig Jahre oder älter schätzte. In einer Hand trug er – wie sie selbst – einen klobigen Kaffeepott, die andere hielt er mit etwas Abstand, die Handfläche gestreckt, die Finger nach oben gerichtet, vor seine Stirn. Es war die typische Geste, mit der man einen Hai darstellte, dessen Rückenflosse durch das Wasser pflügte, fand Jo. Nur: Was sollte das? Sie sah niemanden außer dem Mann, kein Kind, für das er den Schabernack treiben konnte. Jan trat zu ihr auf die Terrasse, Max im Gefolge.

»Was macht der Mann da?«, flüsterte Jo.

»Er hat da hinten einen Strandkorb stehen. Da setzt er sich rein und trinkt seinen Kaffee, wie jeden Morgen.«

»Ich meine seine Hand ...« Sie imitierte seine Geste. »Hat das irgendeinen Sinn?«

»Ach! Das sehe ich schon gar nicht mehr.« Jan setzte sich an den Frühstückstisch. »Vor Jahren ist er im Herbst mal morgens nach alter Sitte mit seinem Kaffee in den Garten gekommen und mit dem Gesicht genau durch ein Spinnennetz gelaufen.«

»Mmh.« Sie verzog angewidert das Gesicht.

»Eben, fand er auch eklig. Da hat er sich angewöhnt, mit der Hand eine Schneise durch die Luft zu ziehen, die sämtliche Netze vor seiner Nase zerreißt.«

»Aber im Hochsommer gibt es doch gar keine Spinnennetze. Jedenfalls nicht quer durch den Garten wie im Herbst.«

»Stimmt. Das ist das Wesen von Angewohnheiten: Man macht das automatisch.«

Jo setzte sich zu ihm. »Ist das nicht ein bisschen verrückt?«

»Wer ist das nicht?«

Sie vermisste das umfangreiche Frühstücksbüfett des Hotels nicht im Geringsten. Es gab Brot, Käse, Marmelade, und er hatte ein paar Tomaten aufgeschnitten. Max kühlte seinen Bauch im Gras und kaute auf einem Knochen herum. Sie hätte ewig hier sitzen können. Nur, dass die Ewigkeit in drei Tagen vorbei sein würde. So sehr sie es auch versuchte, es gelang ihr nicht, den Gedanken an ihre Abreise zu verdrängen.

»Ich will nicht, dass du gehst, Josefine«, sagte Jan ausgerechnet in diesem Moment.

»Nein, ich möchte auch nicht weg. Aber mein Urlaub ist in drei Tagen zu Ende.«

»Bleib hier, bitte!«

»Und wovon soll ich leben? In Hamburg ist mein Job, meine Wohnung ...«

»Arbeit gibt es auch hier. Das Tourismusbüro sucht zum Beispiel gerade jemanden aus deiner Branche.«

Jo lachte auf. »Ja, klar, super Idee. Das war schon immer mein Traum.« Sie lachte wieder und legte ihm eine Hand auf den Arm. Sein Blick verfinsterte sich, als habe sich eine Wolke vor die Sonne geschoben.

»So groß ist die Entfernung doch gar nicht«, versuchte sie ihn und sich selbst zu trösten. »Wir können uns ganz oft besuchen. Ich falle dir bestimmt bald auf die Nerven, wenn ich dauernd hier bin.«

Jan lächelte nicht.

V

Das Atelier von Fee Zweig – ein Künstlername, da war Jo sich sicher – lag in einer kleinen Nebenstraße unweit der Steilküste. Sie fand es nicht gleich, denn sie hatte nicht damit gerechnet, dass es in einem schlichten Einfamilienhaus untergebracht war. Doch die Nummer stimmte, also trat Jo näher und entdeckte ein kunstvoll geschwungenes Keramikschild, das ihr zeigte, sie war an der richtigen Adresse: *Atelier von Fee Zweig, bitte klingeln!* Das tat Jo, doch es rührte sich nichts. Unschlüssig trat sie einen Schritt zurück und spähte in den Garten, der, wie es aussah, das Haus völlig umschloss. Sie hob die Hand, um erneut zu klingeln, da fiel ihr ein Zettel auf, der mit gepunktetem Klebeband am Briefkasten befestigt war.

Bin in der Kirche, besuchen Sie mich dort, hatte jemand darauf geschrieben.

Jo wusste nicht recht, was sie tun sollte. Sie wusste nicht einmal, wo die Kirche war. Da es ihr jedoch sehr wichtig war, diese Frau zu sprechen und ihr die Zeit weglief, machte sie sich auf den Weg zur Hauptstraße. Dort traf sie eine alte Frau, die ihr bereitwillig Auskunft gab. Bald darauf stand Jo vor einem kleinen Gebäude mit gläserner Front. Es hatte die Form eines Schiffes, das kieloben schwamm. Wer dachte sich so etwas aus?

fragte sie sich. Möglicherweise sollte das Äußere ausdrücken, dass Menschen unter dieses Dach schlüpfen konnten, die im Leben gekentert waren. Genauso gut konnte es darauf hindeuten, dass die Kirche gekentert war und kieloben auf dem Meer trieb.

Jo trat ein. Sie war keine Kirchgängerin, empfand jedoch stets Ehrfurcht und großen Respekt, wenn sie in einem Gotteshaus war. Dabei spielte es keine Rolle, ob es sich um ein gigantisches Bauwerk wie den Kölner Dom oder um ein bescheidenes Exemplar wie die Ahrenshooper Kirche handelte.

»Willst du zu mir?«

Jo erkannte die Frau mit den braunen Haaren sofort. Inzwischen waren die von vielen grauen Strähnen durchzogen. Ein breites Tuch hielt die ungestüme Mähne aus dem Gesicht.

»Ja.«

»Das habe ich gespürt.«

Jo musste sich das Schmunzeln verkneifen. Der Zettel an ihrer Tür war eine klare Aufforderung, und diese Kirche gehörte nicht gerade zu den baulichen Höhepunkten der Region, die jeder Tourist gesehen haben musste, wenn sie auch sehr hübsch war.

»Deine Aura hat mich sofort angesprochen. Wie kann ich dir helfen?«

Jo betrachtete die Frau in ihrem bodenlangen flatterigen Kleid. Es war fliederfarben und hatte weiße in sich verschlungene Muster. Unter dem Saum schauten nackte Füße hervor, die dringend gewaschen werden mussten. Jo überlegte, ob sie auf das vertrauliche Duzen eingehen sollte, entschied sich aber dagegen.

»Ich befinde mich auf einer Spurensuche, einer Reise in meine Vergangenheit sozusagen. Mein Vater war früher oft hier im Urlaub. Ich habe ein Bild gesehen, auf dem Sie mit ihm abgebildet sind.«

»Ein Gemälde?«

»Nein.« Jo schüttelte den Kopf. »Nur ein Foto.«

»Das kann nicht sein, ich lasse mich niemals fotografieren. Nun ja, fast nie. Das schadet der Seele.«

»Aha.« Das schadet aber nicht der eigenen Vermarktung, dachte Jo. Auf dem Plakat in der Galerie war schließlich auch ein Foto von Fee Zweig zu sehen. Gott sei Dank, denn sonst wäre Jo jetzt nicht hier.

»Es ist eine ältere Aufnahme«, beharrte sie. »Sie hängt in einem Glaskasten am Räucherhaus.«

»Oh, Schwester, das bin ich nicht.«

Jo hob die Augenbrauen, sparte sich dann doch einen Kommentar. »Aber ich bin ganz sicher, dass Sie es sind«, erklärte sie stattdessen. »Sonst hätte ich Sie kaum auf dem Plakat in Wieck wiedererkennen können.«

»Das ist mein altes Ich. Das gibt es schon lange nicht mehr.«

Ihr neues Ich sah dem alten zum Verwechseln ähnlich. Jo hoffte, dass es auch die Erinnerungen übernommen hatte.

»Mein Vater ist Grafikdesigner. Sein Name ist Otto Niemann. Er hat Sie auf dem Bild im Arm.«

Es entstand eine lange Pause, in der Fee Zweig leidenschaftlich, um nicht zu sagen, beinahe obszön die Tonskulptur bearbeitete, die vor ihr auf einer Scheibe aufgebaut war. Sie streichelte sie, presste ein langes Gebilde, das ein Bein darstellen konnte, fest zusammen, dass der Ton nur so aus ihren Fingern quoll. Sie feuchtete die Hände an, drang mit dem Daumen an einer Stelle, die Jo eindeutig unanständig fand – jedenfalls in einer Kirche –, tief in das glänzende Material und schloss die Augen, während sie den Daumen langsam darin hin und her drehte.

»Er war gierig«, hauchte Fee Zweig plötzlich, als Jo schon überlegte zu gehen. »Gierig nach dem Leben. Wir haben uns manchmal gesehen. Bei Festen, auch in Ateliers und Galerien.« Während sie sprach, glitten ihre Hände weiter über die feuchte Masse. Zu Jos unendlicher Erleichterung sah es nun wieder mehr nach einer künstlerischen Arbeit als nach einer sexuellen Handlung aus. »Er hatte schlechtes Karma, darum wollte ich ihn nicht mehr treffen.« Es war mehr der Singsang als die Stimme, der Jo zunehmend auf die Nerven ging.

»Was meinen Sie damit?«

»Schlechtes Karma, meine Schwester. Er war umgeben vom Unglück. Die Härchen in meinem Nacken haben sich aufgestellt, wenn er in meiner Nähe war. So etwas überträgt sich. Ich wusste, wenn ich mich mit ihm abgebe, ziehen Kummer und Krankheit auch in mein Haus ein.«

Jo fragte sich, was ihr alles zu Berge gestanden haben mochte, als ihr Vater sie immerhin in den Arm nehmen durfte, verkniff es sich aber, danach zu fragen. Das alte Ich war vermutlich ein wenig robuster und hatte das überstanden.

Die Bildhauerin ließ die Arme sinken und starrte mit einem hohlen, unheilvollen Blick in die Ferne. Jo wurde unheimlich zumute. Gänsehaut lief ihr über Kopfhaut und Rücken.

»Er war krank«, sagte Fee Zweig tonlos. »Da war ein Geschwür auf seiner Seele, etwas, das ihn getötet hat. Nicht wahr, er ist nicht mehr am Leben.« Es war keine Frage, sondern eine Feststellung, die Jo nun endgültig aus der Fassung brachte.

»Woher wissen Sie das?«

Fee wandte sich wieder ihrer Arbeit zu und schob sich eine Strähne zurück, die aus dem Tuch gerutscht war, wobei sie einen grauen Streifen an ihrer Schläfe hinterließ.

Sie fiel zurück in ihren Singsang, als sie erwiderte: »Seine Aura hat es mir gesagt. Es hat mich nicht überrascht, dass die Mutter seines Sohnes bald nach der Geburt gestorben ist. So etwas überträgt sich, Schwester, das darfst du ruhig glauben.«

Jo starrte sie an. »Er hat ein Kind? Hier?«

»Einen hübschen blondgelockten Burschen, der sich glücklicherweise von ihm abgewandt hat, als noch Zeit dazu war.« Sie hatte ihre Arbeit wieder unterbrochen und schien an den Sohn von Otto Niemann, an Jos Halbbruder zu denken.

»Wissen Sie, wo ich ihn finden kann?«

»O nein. Mein altes Ich hat sich um die Leute gekümmert. Seit meiner Wiedergeburt lebe ich auf einer höheren Ebene. Diese Dinge haben keine Bedeutung mehr für mich.«

»Für mich schon«, murmelte Jo. »Wo hat er denn gelebt, als Ihr altes Ich das noch wusste?«

Fee warf ihr einen langen vernichtenden Blick zu. »Schwester«, sagte sie und machte eine wirkungsvolle Pause. »Mir ist nicht entgangen, dass du noch nicht soweit bist, mit mir auf einer Ebene zu kommunizieren. Es steht dir nicht zu, dich über mich lustig zu machen.«

»So war das nicht gemeint«, schwindelte Jo. »Tut mir leid. Für mich sind diese Dinge noch sehr wichtig. Erinnern Sie sich wenigstens noch an seinen Namen oder den seiner Mutter?«

Trotz ihrer Entschuldigung war das Gespräch beendet. Fee Zweig wandte sich ihrem Tonklumpen zu und würdigte Jo keines Blickes mehr.

»Es würde mir wirklich viel bedeuten, wenn Sie mir helfen könnten«, versuchte Jo es noch einmal, ohne eine Antwort zu erhalten.

Draußen hatte sich nichts verändert. Die Sonne schien noch immer unbeschwert vom Himmel, die Möwen schrien ein um das andere Mal die gleiche Strophe, die Urlauber tummelten sich auf der Dorfstraße, kauften noch immer die gleichen Postkarten, trugen die gleichen Badelatschen und Sonnenbrillen. Und doch war nichts wie vorher. Jedenfalls nicht für Jo. Sie hatte einen Halbbruder, daran gab es keinen Zweifel mehr. Wäre es nur diese vollkommen verrückte Künstlerin gewesen, die das behauptet hatte, könnte sie es noch als Gerücht oder Hirngespinst abtun, als Irrtum vielleicht. Aber Sönke hatte das Gleiche gesagt. Es musste wahr sein.

Jo sehnte sich nach Jan. Sie wollte sich in seinen Arm verkriechen, ihm alles erzählen und dann eine Erklärung von ihm hören, die er mit seiner klaren logischen Art sofort parat haben würde. Eine Erklärung dafür, warum das alles doch nicht wahr sein musste. Sie wusste, dass er noch im Hotel oder mit seinem Eiswagen am Strand war. Trotzdem ging sie geradewegs zu seinem Haus, begrüßte Max, der im Garten war und sich über den unerwarteten Besuch unbändig freute, und wartete den ganzen Nachmittag auf Jan. Zuerst hatte sie ein wenig schlafen wollen, konnte aber nicht. Also nahm sie sich vor, Ordnung in dem Chaos ihres Kopfes, ihrer Gedanken zu schaffen. Nur wie? Sie zwang sich, alle Fakten systematisch durchzugehen. Sofern man überhaupt von Fakten sprechen konnte. Es machte die Sache einfacher, die Gerüchte und Spekulationen zunächst einmal als Tatsachen anzunehmen. Stellte sich etwas als falsch heraus, konnte sie später noch umdenken. Also ... Was wusste sie?

Ihr Vater war viele Jahre regelmäßig auf den Darß gefahren, um dort seinen Urlaub zu verbringen. Nicht nur die Malerei zog ihn auf die Insel, sondern augenscheinlich ein vollständiges Doppelleben mit einer Geliebten und einem Kind. Jo überlegte. Wie alt mochte der Sohn heute sein? Ihr wurde klar, dass sie nicht einmal wusste, wann die Reisen ihres Vaters begonnen hatten. War er schon alleine gefahren, bevor sie geboren wurde? Womöglich waren seine Liebschaft und sein Spross Teil seiner Vergangenheit, von der er sich trotz der Ehe mit Jos Mutter nie ganz trennen konnte. Das war reine Spekulation. Jo ermahnte sich zu logischem Denken und voller Konzentration. Sie wusste über ihren Halbbruder, dass er seinen Vater höchstens vier bis sechs Wochen im Jahr zu Gesicht bekommen haben konnte, ansonsten aber ohne ihn aufgewachsen war. Er musste ganz allein leben, denn seine Mutter war nicht lange nach seiner Geburt bereits gestorben. So hatte Fee Zweig es jedenfalls behauptet.

Wenn Jan nur endlich nach Hause käme!

Er war blond. Was noch? Das war schon alles. Mehr wusste sie nicht von ihm.

Jan! Der Verdacht traf sie unvorbereitet wie ein Faustschlag in den Magen. Sie stöhnte auf. Nein, das durfte nicht sein. Fee hatte von blonden Locken gesprochen. Jo sah ihn vor sich, sah sein blondes störrisches Haar, sah seine grauen Augen ... die Augen ihres Vaters? Unmöglich war das nicht. Jan hatte ihr nie seinen Nachnamen genannt, nie etwas über seine Mutter erzählt und auch nicht die Identität seines Vaters preisgegeben. Nur dass der früher immerhin für einige Wochen auf dem Darß war, sich jetzt aber schon zwei oder drei Jahre nicht hatte sehen lassen, hatte er erwähnt. Wusste er, wer ihr Vater war? Jo war sich nicht sicher.

Alles konnte Zufall sein, passte jedoch auf fürchterliche Weise zusammen. Jo lief hin und her, wischte sich Schweißperlen ab, die mit einem Mal auf ihre Stirn traten. Die Luft wurde ihr knapp. Max bemerkte die Veränderung, kam zu ihr und stupste ihre Hand mit seiner Nase.

»Mach, dass das nicht wahr ist«, flüsterte sie ihm zu, als besäße er eine geheime Macht über sein Herrchen.

Sie rannte nach vorn zur Haustür, fand aber kein Schild, weder an der Klingel noch an seinem Briefkasten. »Wie bekommen die Menschen denn hier ihre Post?«, rief sie verzweifelt. Sie kannte die Antwort. Jeder kannte hier jeden. Zumindest, wenn es sich um Einheimische handelte, die auf der Halbinsel aufgewachsen waren. Und was hätte es ihr schon genutzt, seinen Namen auf einem Klingelschild zu lesen? Sie wusste ja nicht einmal, wessen Namen er trug, wie seine Mutter hieß.

Hatte sie eben noch sehnsüchtig auf ihre Uhr geschaut, war ihr Blick nun panisch. Sie wollte Jan jetzt nicht begegnen. Sie konnte nicht. Was hätte sie ihm denn sagen sollen? »Weißt du schon das Neueste? Du bist mein Bruder!« Auf keinen Fall. Sie tätschelte Max zum Abschied den Kopf und kraulte seine großen Ohren. Anschließend versicherte sie sich, dass die

Pforte geschlossen war, damit der Hund nicht ausbüxen konnte. Dann ging sie eilig davon, wurde immer schneller, bis sie schließlich rannte.

Sie wusste nicht, wohin. Auf der einen Seite wollte sie allein sein, auf der anderen wünschte sie, es gäbe jemanden, der ihr helfen könnte. Vielleicht gab es jemanden, schoss es ihr durch den Kopf. Jahrelang hatte ihr Vater in der *Pension am Hafen* gewohnt. Wenn irgendjemand etwas wusste, dann war es Jette. Jo war schon auf dem Weg zum Hotel, machte kehrt und beeilte sich, zum Althäger Hafen zu kommen. Sie hatte plötzlich große Angst, die alte Wirtin zu verpassen.

Als sie das Räucherhaus erreichte, klebte ihr das T-Shirt am Rücken und am Bauch. Sie sah aus, als habe sie soeben einen Regenguss abbekommen oder einen Halbmarathon hingelegt. Das scherte sie kein bisschen.

»Ist Jette da?«, fragte Jo, ohne Sven zuvor zu begrüßen.

»Jepp«, kam es prompt zurück. Ihn kümmerte ihr unhöfliches Benehmen nicht. »Oma!«, rief er nach hinten.

Es dauerte nicht lang, da hörte Jo die kleinen festen Schritte. Jette erschien im Türrahmen. Sie trocknete sich gerade die Hände ab.

»Das ist aber eine schöne Überraschung. Kommen Sie mich noch mal besuchen?«

»Sie müssen mir helfen«, brachte Jo gerade noch hervor. Dann begann sie zu zittern und musste sich setzen. Ihre Beine versagten ihr den Dienst. Überhaupt fühlte sie sich, als hätten sämtliche Muskeln sich auf einen Schlag in glitschige Quallen verwandelt.

»Ach du dicker Dorsch, was ist denn mit Ihnen passiert? Warten Sie, ich hole Ihnen etwas zu trinken.«

»Ein Wasser, bitte«, rief Jo der Wirtin zu, die bereits am Tresen war. Nur jetzt keinen Alkohol, dachte sie und kämpfte schwer mit den Tränen.

Jette kam mit einer Flasche Wasser zurück und schenkte Jo ein Glas ein.

»Nun trinken Sie erst mal, und dann erzählen Sie mir, was los ist.«

Genau das tat Jo. Am Ende ihres Berichts fragte sie: »Wissen Sie, wer mein Halbbruder ist?« Sie traute sich kaum zu atmen.

»Das tut mir man leid, Deern, aber das kann ich Ihnen nicht sagen. Ich habe wohl auch davon gehört, dass er ein Kind gemacht haben soll, der Otto. Darüber hat er mit mir aber nie gesprochen. Da war er eigen, und ich habe nicht gefragt. Ging mich doch nix an.«

Jo seufzte tief. Wenn Jette ihr nicht helfen konnte, an wen sollte sie sich dann wenden?

»Einen guten Rat will ich Ihnen aber geben, Deern. Ich bin man eine alte Frau, ich darf das.« Sie lächelte ihr gütiges Lächeln, und feine Fältchen legten sich um ihre Augen wie Sonnenstrahlen. »Sprechen Sie mit dem jungen Mann, in den Sie sich so verguckt haben. Er ist der Einzige, der Ihnen Ihre Fragen beantworten kann. Er wird seine Familie doch wohl kennen.« Sie legte Jo eine raue Hand auf den Arm.

»Ich habe solche Angst«, flüsterte Jo. Ihre Lippen zitterten, und sie trank rasch noch etwas Wasser.

»Wovor, vor der Wahrheit? Glauben Sie mir, die Ungewissheit bringt uns um. Mit der Wahrheit können wir lernen zu leben.«

So eilig wie Jo zum Hafen gerannt war, so zögernd langsam ging sie nun zurück. Sie schlüpfte unter die Dusche, zog sich frische Sachen an und machte sich sofort wieder auf den Weg zu Jans Haus. Es hatte keinen Sinn, die Aussprache vor sich her zu schieben. Immer wieder spielte sie alle Möglichkeiten durch. Als kleines Mädchen und auch noch als Teenager hatte sie sich sehr eine Schwester oder einen Bruder gewünscht. Selbst jetzt war es ein schöner Gedanke, dass es da jemanden gab, der aus dem gleichen Fleisch und Blut war wie sie. Jedenfalls zur Hälfte. Solange es sich nur nicht um Jan handelte. Dieser Gedanke war alles andere als schön. Jo wusste nicht, ob ihre Beziehung eine Chance hatte, ob er es über das Herz bringen konnte, nach Hamburg zu ziehen. Eines aber wusste sie: War er ihr Bruder, verlor sie ihn auf der Stelle – als Freund und als Bruder.

Da war der Zaun, das gelbe Haus, das blaue Atelier mit dem Leuchtturm, die Stockrosen vor der Veranda. Der Käfer stand in der Einfahrt. Max kam angesaust, um sie zu begrüßen. Noch war die Pforte geschlossen. Er konnte nicht zu ihr, und so hörte sie ihn das erste Mal bellen.

»Max?«, rief Jan von der Terrasse. »Alles klar?« Er kam durch den Garten nach vorn. »Braver Hund! Du hast toll auf mich aufgepasst«, scherzte er, als er sie sah und herzte ihn inbrünstig.

»Ich muss mit dir reden«, sagte Jo hastig.

»Hier und jetzt, oder willst du reinkommen?« Ihm war die Verunsicherung deutlich anzumerken.

Sie gingen auf die Terrasse, wo sie nun schon so manche Stunde verbracht hatten. Wieder summten Bienen und Hummeln, zirpten Grillen, landeten Schmetterlinge auf duftenden Blüten und hielten mit elegantem Flügelschlag die Balance.

»Ich muss wissen, wer deine Eltern sind«, erklärte sie ohne Umschweife.

»Was ist los?« Er hatte mit allem gerechnet, nur damit nicht.

»Es ist mir ernst, Jan. Du hast mir nichts über deine Eltern erzählt, über deine Mutter und vor allem deinen Vater.«

»Es hat sich nicht ergeben.« Er zupfte nervös an einem winzigen Hautzipfel, der von seiner Unterlippe abstand. »Außerdem ist das nicht gerade mein Lieblingsthema. Absolut nicht.« Er schüttelte widerwillig den Kopf.

Jo schwieg. Sie sah ihn nur erwartungsvoll an und sendete ein stilles Gebet zum Himmel. Das war der Moment der Wahrheit.

»Meine Mutter habe ich kaum gekannt«, begann er. Ihm war klar, dass sie nicht locker lassen würde.

Jo wollte nicht hören, was er als Nächstes sagen würde. »Sie ist ziemlich früh gestorben. Ich war noch nicht einmal ein Jahr alt.«

Sie schloss die Augen.

Er missverstand ihre Mimik. »Das klingt immer so dramatisch, aber das war es absolut nicht. Mein Vater hat sich echt super um mich gekümmert. Da war er noch nicht berühmt, sondern hat noch ganz normal gelebt.« Wie es aussah, erinnerte er sich gern an seine Kindheit. »Außerdem hatten wir klasse Nachbarn. Zum Beispiel den mit den Spinnen.« Er lachte und deutete zu dem Garten, der sich hinter seinen Büschen und Hecken verbarg. »Die haben alle auf mich aufgepasst und für

135

mich gesorgt, wenn mein Vater unterwegs war. Wir sind hier eine große Familie, deshalb war es für mich auch immer klar, dass ich irgendwann hierher zurückkomme. Logisch hätte ich manchmal gerne eine Mutter gehabt, aber sie hat mir nicht dauernd gefehlt.«

»Jan, ich will wissen, wer dein Vater war«, unterbrach sie ihn ungeduldig.

»Wieso war? Was ist denn überhaupt los?«

»Lebt er denn noch? Bist du sicher?«

»Hey, jetzt gehst du aber zu weit. Okay, ich hatte lange keinen Kontakt zu ihm. Aber ich bin sicher, ich erfahre es sofort, wenn ihm etwas zustößt.«

»Sein Name ist ... war nicht Otto Niemann?«

»Nee!« Er lachte wieder und schüttelte den Kopf. »Mein Vater heißt Ralf Dörner. Soweit ich weiß, stellt er gerade in New York aus und ist absolut lebendig.«

»Ist das wahr?« Jo traute sich noch nicht, diese wirklich gute Nachricht zu glauben. Von Ralf Dörner hatte selbst sie schon gehört. Ja, er lebte. Wenn er wirklich Jans Vater war, waren sie also nicht miteinander verwandt.

»Logisch ist das wahr! Würdest du mir jetzt endlich erklären, was die ganze Fragerei soll?«

Jo sprang auf, lief zu ihm, kuschelte sich auf seinen Schoß und legte seine Arme fest um sich. Es dauerte eine Weile, bis sie ihm von Fee Zweig und von ihrem schrecklichen Verdacht erzählen konnte.

»Ich bin so erleichtert«, seufzte Jo erneut. Sie hatten bei Alfredo gegessen und bummelten nun nach Hause. »Ich kann dir gar nicht sagen, wie froh ich bin.« Sie hielten sich an den Händen, die Finger ineinander verschränkt.

»Mir geht es nicht anders, aber absolut nicht.« Jan schüttelte noch immer fassungslos seinen Kopf in einer Art, die Jo längst vollkommen vertraut schien.

Noch immer stand der Mond rund am Himmel. Wolken zogen an ihm vorbei, verdunkelten ihn mehr und mehr. Jo blickte nach oben und dachte darüber nach, ob ihr Vater das Recht gehabt hatte, ihr den Halbbruder zu verheimlichen. Zwar war sie durchaus der Ansicht, dass jedem Menschen ein Geheimnis zustand, nur sollte man sorgfältig überprüfen, ob es nicht doch jemanden anderes betraf. Sie hätte hierher kommen und sich wahrhaftig in ihren Bruder verlieben können. Ein Albtraum! Es gab so viele Situationen, in denen das Wissen um die Verwandtschaft wirklich wichtig sein konnte. Nein, dachte sie beklommen, ihr Vater hatte kein Recht gehabt, die Existenz seines zweiten Kindes zu verschweigen. Ihre Augen suchten den Himmel nach einem hellen Stern ab, nur verkroch der sich anscheinend hinter den dichter werdenden Wolken. Er sollte sich ruhig ein wenig schämen, dachte sie. Böse war sie ihm nicht mehr. Jo hatte ihren Frieden mit ihm gemacht.

Die ersten Tropfen fielen herab.

»Endlich!«, rief Jan. »Regen brauchen wir schon längst. Hoffentlich kommt ordentlich viel herunter.«

Es kam sehr viel herunter. Die Tropfen wurden dicker, und es wurden innerhalb von Sekunden immer mehr. Jan hielt sein Gesicht in den Regen und hüpfte übermütig herum wie ein kleines Kind. Jo schloss sich ihm an. Sie breitete die Arme aus, zog die Nase kraus, während das Wasser nun wie aus gebrochenen Dämmen auf sie niederprasselte. Ein kräftiger Geruch, den es nur gab, wenn ein Sommerregen die ausgetrocknete Erde tränkte und die staubigen Blätter und Blüten sauber spülte, stieg ihr in die Nase. Statt zu seinem Haus liefen sie durch den Strandweg zum Strandübergang elf. Sie zogen die Schuhe aus und liefen durch den nassen Sand. Sie jagten einander, wie sie es sicher getan hätten, wenn sie als Geschwister miteinander aufgewachsen wären. Und sie hielten sich im Arm und küssten sich, wie sie es noch oft tun würden, wenn sie ein Paar blieben.

Als sie endlich nach Hause kamen, waren sie völlig durchnässt und von oben bis unten voller Sand. Selbst in den Haaren fühlte Jo die kleinen Körnchen.

Der Regen trommelte auf das Dach, unter dessen Schräge sie in seinem Bett lagen. Die Decke war auf den Fußboden gerutscht, als sie miteinander schliefen. Nun trocknete der Schweiß auf ihren Körpern und kühlte sie, während sie Pläne schmiedeten.

»Ich rufe morgen Sönkes Tante an. Sie ist gerade in Rente gegangen, hat aber bis vor kurzem noch bei der Ostsee-Zeitung gearbeitet.« Seine Finger strichen ihr durch das Haar. »Wenn irgendjemand etwas über die Geschichte von damals weiß oder herausfinden kann, dann ist sie es.«

Jan behielt recht. Sönkes Tante war ein Goldstück mit Herz und den nötigen Verbindungen. Sie wusste genau, wen man anrufen, wen man löchern musste, und schon am frühen

Nachmittag hielt Jo einen Zettel in der Hand, auf dem Name und Adresse ihres Halbbruders standen: *Jörg Meyncke, Bäckergang 7 in Born*. Er war verheiratet und hatte den Familiennamen seiner Frau angenommen. Außerdem hatte er Medizin studiert. Mehr erfuhr Jo nicht. Es reichte, um schrecklich nervös zu sein.

Jan hatte seinen freien Tag, musste aber den Eisvorrat für die kommende Woche herstellen.

»Das kann ich auch später noch machen. Ich begleite dich erst mal, das ist wichtiger«, sagte er zwar, doch Jo wollte ihn nicht in eine zeitliche Klemme bringen. So sehr sie ihn auch mochte, war dies doch etwas, dass sie alleine tun sollte. Sie lieh sich bei Anton, der neben Strandkörben auch Fahrräder vermietete, ein Rad und strampelte los. Dunkler Sand unter Hecken und Dächern verriet noch Feuchtigkeit. Die Straßen und Wege waren längst von der Sonne getrocknet. Nur das Waldstück, durch das sie radelte, ließ ahnen, wie heftig der gestrige nächtliche Guss gewesen sein musste.

Jo hatte nur etwa zehn Kilometer zu fahren. Sie ließ sich Zeit, hielt im Wald an, um den Duft der Kiefern einzusaugen, der durch den Regen besonders intensiv war, und überlegte, ob sie ihre Mutter anrufen und über die überraschenden Neuigkeiten in Kenntnis setzen sollte. Konnte es nicht sogar sein, dass auch ihre Mutter ein Geheimnis hütete, dass sie längst von dem unehelichen Sohn auf dem Darß wusste? Jo entschied sich gegen den Anruf. Hatte ihre Mutter keine Ahnung, wäre diese Offenbarung ein Schock. Sie fand es angebracht, dann bei ihr zu sein, sie in den Arm nehmen zu können. Und auch wenn sie von Jörg wusste, wollte Jo ihr in die Augen sehen.

Die Adresse war nicht schwer zu finden. Eine kleine Straße, ein Haus aus den fünfziger Jahren, Felder und Bäume auf der anderen Straßenseite – so lebte ihr Halbbruder also. Sie stieg ab, hantierte mit fahrigen Händen an dem Schloss herum und legte das Rad, weil kein Zaun oder Ähnliches in der Nähe war, schließlich ins hohe Gras. Sie war so aufgeregt, als habe sie eine wichtige Präsentation vor sich. Nein, es war noch schlimmer. Sie legte die Hände über den Bauchnabel und atmete fünfmal langsam und tief in die Handflächen hinein. Das half ihr sonst immer. An diesem Tag fühlte sie sich danach nicht entscheidend besser. Sie überquerte die ruhige kleine Straße, betrat das Grundstück und ging die beiden Stufen zur Haustür hinauf.

S. + J. Meyncke stand auf einem Messingschild unter der Klingel. Jo drückte den runden glänzenden Knopf und wartete. Je länger es dauerte, desto mehr war sie hin und her gerissen. Sie wollte ihn wenigstens einmal sehen, mit ihm sprechen. Gleichzeitig wäre es eine Erleichterung, wenn niemand zu Hause war. Sie klingelte erneut. Wieder blieb die Tür verschlossen. Jo trottete zurück zu ihrem Fahrrad. Sie drehte sich noch ein paar Mal um, als erwarte sie, jemanden am Fenster zu entdecken, der sie beobachtete. Aber das war natürlich Unsinn. Es war einfach niemand im Haus. Unschlüssig stand sie eine Weile da und starrte vor sich hin. Dann beschloss sie, in die Galerie in Wieck zu fahren, um sich die Keramikausstellung anzusehen. Vielleicht hatte sie später Glück.

Auf dem Rückweg machte sie erneut in Born Halt. Über drei Stunden waren vergangen, seit sie das erste Mal hier geklingelt hatte. Wahrscheinlich war ihr Halbbruder vorhin zur Arbeit gewesen. Immerhin war sie mitten an einem ganz gewöhnlichen Donnerstag bei ihm aufgetaucht. Nun war es bereits früher Abend, und ihre Chancen standen gut, wie sie meinte, ihn anzutreffen. Nachdem Jo ihr Fahrrad abgelegt und den Weg überquert hatte, entdeckte sie sofort den Wagen in der Einfahrt, der dort vorhin noch nicht gestanden hatte. Ihr Herz schlug zwei Takte schneller. Sie holte tief Luft und klingelte. Dieses Mal dauerte es nicht lange, bis sie Geräusche hörte, dann Schritte. Die Haustür wurde geöffnet.

»Guten Tag.« Eine Frau mit braunem langen Zopf, dunkelbraunen großen Augen und einem von Sommersprossen übersäten Gesicht erschien in dem Türspalt.

»Guten Tag«, sagte Jo und bemerkte, dass ihre Stimme ein wenig zittrig klang. »Ist Ihr Mann zu sprechen?«

Die Tür öffnete sich ein kleines Stück mehr, und Jo sah, dass Frau Meyncke schwanger war.

»Nein«, antwortete die. Sie hatte warme Augen, die man wohl als Rehaugen bezeichnen konnte. Freundlichkeit lag darin, aber auch eine gewisse Achtsamkeit. »Kann ich Ihnen vielleicht weiterhelfen?«

Jo war enttäuscht. Beim Anblick des Autos auf dem Hof hatte ihr Herz einen Hüpfer gemacht, der eindeutig Vorfreude signalisierte. Ja, sie hatte Angst vor der Begegnung, wollte sie nun aber unbedingt.

»Nein, ich muss ihn persönlich treffen«, brachte sie zögernd hervor und suchte nach den richtigen Worten. »Mein Name ist Josefine Niemann«, erklärte sie endlich, neugierig, ob ihr Name eine Reaktion hervorrief.

»Und worum geht es?« Offenkundig löste der Name keine Assoziation aus.

»Mein Vater war Otto Niemann.«

»Oh, ach so!« Jetzt verstand die Frau. »Bitte, kommen Sie doch herein.« Sie trat zur Seite und öffnete die Tür weit.

Jo folgte ihr durch eine großzügige Diele in die Wohnküche. Sie setzte sich an die offene Tür, die vom Essplatz direkt in den weitläufigen Garten führte.

»Ich bin Sarah Meyncke«, sagte Jos Gastgeberin, stellte einen Glaskrug auf den Tisch, in dessen Außenwand sich Eisstücke stapelten. Im Inneren schimmerte eine rote Flüssigkeit. Kirschsaft, wie der Duft vermuten ließ. Sie reichte Jo die Hand.

»Entschuldigen Sie bitte, wenn ich Sie so einfach überfalle«, erwiderte Jo. »Ich weiß erst seit wenigen Tagen, dass ich einen Halbbruder habe, und erst seit einigen Stunden, dass es Jörg ist.«

»Das muss Sie sehr mitgenommen haben. Selbst mir wurde eben ganz flau, als Sie sagten, wessen Tochter Sie sind.« Sarah schenkte die Gläser voll.

»Kann man wohl sagen. Damit rechnet man nicht gerade, wenn man in den Urlaub fährt.« Jo lachte unsicher.

»Ach, Sie sind gar nicht hierhergekommen, um nach Jörg zu suchen?«

»Nein, eigentlich wollte ich mich auf dem Darß erholen.« Jo machte ein gespielt gequältes Gesicht und erzählte dann ihre ganze Geschichte. Sarah hörte ihr aufmerksam zu, gab hin und wieder Laute der Verwunderung oder der Zustimmung von sich, ohne Jo zu unterbrechen. Die ganze Zeit strich sie sich über den Bauch.

»Es tut mir so furchtbar leid, dass mein Mann ... dass Jörg nicht hier ist«, sagte sie, als Jo geendet hatte. »Wenn Sie am Samstag schon abreisen, verpassen Sie ihn um einen Tag. Er kommt erst am Sonntag von einem Kongress zurück.«

»Das ist wirklich schade.« Jo seufzte. Sie würde ohnehin wiederkommen, um Jan zu besuchen. Es war also kein Beinbruch. Dummerweise gehörte Geduld nur nicht zu ihren Stärken. »Was macht er? Ich meine, beruflich«, wollte sie wissen.

»Er ist Kinderarzt.« Sarahs Kastanienaugen blitzten stolz. »Er hat sein Studium im Eiltempo und seine Abschlüsse mit Bravour gemacht. In seinem Alter schon eine eigene Praxis zu haben, ist alles andere als üblich.«

»Der Ehrgeiz liegt wohl in der Familie«, schmunzelte Jo. »Haben Sie ein Bild von ihm zur Hand?« Sie brannte darauf herausfinden, ob es auch optische Ähnlichkeiten gab.

»Natürlich.« Sarah stützte sich schwer vom Stuhl ab und drückte ihren prallen Leib hoch.

»Es ist bald soweit, was?«

»Ja, Gott sei Dank! Lange halte ich das auch nicht mehr aus.« Sarah schnaufte. »Und dann bei der Hitze!« Sie kam mit einem Album zurück und setzte sich auf den Platz an Jos Seite. »Bitte.« Sie schob ihr das dicke Fotoalbum herüber.

»Danke.« Ihre Hände zitterten, als sie es aufschlug. Hochzeitsbilder, Urlaubsfotos aus den Bergen, Jörg bei der Gartenarbeit. Jo fühlte sich nicht gerade, als sähe sie in einen Spiegel. Ihr Haar war braun, seines blond. Doch die Locken hatte sie auch, wenn sie nicht mühevoll dagegen anföhnte. Und auch ihre Nase war nicht ganz gerade, sondern hatte diesen winzigen Höcker, den sie bei ihm wiederfand.

»Sie haben beide die gleichen grauen Augen«, meinte Sarah leise. »Es liegt immer etwas Unergründliches darin, etwas sehr Ernsthaftes.«

Jo spürte, wie die Aufnahmen vor ihr verschwammen. »Es sind die Augen meines Vaters«, sagte sie leise.

Jörgs Frau war eine feinfühlige, warmherzige Person. Sie schleppte immer mehr Alben heran und erzählte anhand der Bilder so viel von ihrem Mann, wie sie nur konnte. Sie schien genau zu spüren, wann sie Jo ein wenig ablenken oder aufheitern musste, wann sie Fragen nach der Familie und nach ihrer Vergangenheit stellen konnte. Sie redeten miteinander wie alte Freundinnen. Jo erfuhr, dass Jörg lange nicht über seinen Vater gesprochen hatte. Erst kurz vor der Heirat hatte er Sarah die wenigen Fotos gezeigt, die er von ihm hatte, und ihr gestanden, dass er ein Urlauber gewesen war, eine Schande in den Augen der Einheimischen. Später erzählte Sarah noch, wie sie das erste Mal aus einem kleinen Dorf bei Stuttgart auf den Darß in den Urlaub gefahren war. Sie war damals ein kleines Mädchen, die Wiedervereinigung hatte gerade stattgefunden, und sie reiste mit ihren Eltern und ihren drei Geschwistern.

»Sie haben drei Geschwister?«

»Ja, bei uns war immer etwas los«, erwiderte Sarah und lachte. »Ich könnte mir nicht vorstellen, als Einzelkind aufzuwachsen.« Sie strich erneut über ihren Bauch. »Jörg und ich sind uns einig, dass sie oder er auch nicht allein bleibt.«

»Hat er noch Geschwister? Außer mir, meine ich.«

»Nein. Seine Mutter starb bald nach seiner Geburt.«

»Ja, ich weiß. Dann war er ihr erstes Kind.«

»Das war er. Soweit ich weiß, war seine Mutter noch sehr jung und hat seinen ... Ihren Vater sehr geliebt. Er war wohl ihre erste große Liebe.«

Jo vermutete, Sarah hätte gern ihre Meinung zu dem feinen Herrn aus Hamburg gesagt, der auf dem Darß ein Mädchen schwängerte und wieder verschwand. Doch sie war taktvoll genug, sich nicht zu äußern.

»Wusste er eigentlich, dass mein Vater in Hamburg verheiratet war und eine Tochter hat?«

»Nein, das glaube ich nicht. Das heißt, von Ihrer Mutter wusste er, da bin ich ziemlich sicher. Aber von Ihnen ...« Ihre Augen bekamen einen hilflosen Ausdruck.

»Das ist interessant. Ich habe gehört, dass mein Vater von mir erzählt hat, aber nicht von meiner Mutter.«

»Dazu kann ich leider nichts sagen. Das müssen Sie Jörg dann selbst fragen, wenn Sie ihn treffen. Ich nehme doch an, dass Sie noch einmal wiederkommen?«, fragte Sarah.

»Ja, das steht fest.«

Eine Weile saßen sie schweigend beieinander und tranken Kirschsaft. Dann fiel Sarah ein, dass sie dabei gewesen war, von ihren Urlauben auf dem Darß zu erzählen. Sie erinnerte sich an ihre erste Begegnung mit Jörg. Sarah war ein Teenager und durfte allein in die Disco. Dort lungerten natürlich die Darßer Jungs herum.

»Die meisten waren keine Spur besser, als diejenigen, die vom Festland kamen und auf einen Urlaubsflirt aus waren«, verriet sie und zwinkerte Jo verschwörerisch zu. »Aber sagen Sie das mal laut! Dann sind sich die Inselbewohner einig, dass Sie eine verlogene Festland-Pflanze sind.« Sie lächelte herzlich.

»Jörg war glücklicherweise anders. Er hat es von vornherein ernst mit mir gemeint. Nach einem tränenreichen Abschied hatten meine Eltern keine Wahl, sie mussten mit mir auch die nächsten Sommerferien in Prerow verbringen, wo wir damals immer wohnten. Irgendwann haben sie mich dann alleine fahren lassen. Der Darß hing ihnen mittlerweile zum Hals heraus.« Sie lachte wieder ihr fröhliches Lachen. »Nein, im Ernst, sie mochten Jörg und vertrauten ihm und mir. Sie sehen ja, was dabei herausgekommen ist oder besser gesagt: bald herauskommt!«

»Ist Ihnen hier nie die Decke auf den Kopf gefallen? Im Winter vor allem. Haben Sie die Stadt nicht vermisst?«, fragte Jo.

Sarah schüttelte den Kopf, dass ihr Zopf nur so flog. »Nicht eine Sekunde. Ich komme ja auch gar nicht aus Stuttgart direkt, sondern aus einem kleinen Dorf in der Nähe. Wirklich, es war die beste Entscheidung meines Lebens, für immer herzuziehen. Ich kann mir nichts anderes mehr vorstellen. Die Luft und die Landschaft! Besonders im Winter, wenn kaum Menschen da sind, alles in einem ruhigen Rhythmus abläuft, ohne Hektik und Stress, fühle ich mich hier wohl. Manchmal denke ich, wir leben in einer Oase der Seeligen. Wir kriegen von der so genannten wirklichen Welt da draußen nur das mit, was wir wollen. Jeder ist für den anderen da. Nirgends auf der Welt habe ich hilfsbereitere, liebenswertere Menschen kennengelernt als hier. Sagen Sie doch mal selbst: Können Sie sich einen besseren Ort vorstellen, um eine Familie zu gründen, um Kinder großzuziehen? Ich nicht.«

Der letzte Tag. Jo und Jan hatten vereinbart, wegen des bevor-
stehenden Abschieds nicht zu jammern, ihn nicht einmal zu
erwähnen. Sie wollten die letzten Stunden gemeinsam genießen. Traurig würde es noch früh genug werden. Dennoch
galt Jos erster Gedanke an diesem Morgen ihrer Abreise. Sie
beschloss, ihr Zimmer schon einen Tag früher zu räumen und
mit ihrem Gepäck zu Jan zu ziehen. Wenn sie ihre letzte Ur-
laubsnacht, wie die vergangene auch, bei ihm verbrachte,
konnten sie vor ihrer Abfahrt wenigstens noch ausgiebig zusammen frühstücken.

»Es tut mir sehr leid, wir müssen Ihnen dann aber eine
Storno ...«

»Stornogebühr berechnen, ich weiß«, unterbrach Jo die Mitarbeiterin an der Rezeption. »Kein Problem, ist ja nur Geld«,
sagte sie und strahlte.

Die Frau zog die Augenbrauen hoch und starrte Jo mit of-
fenem Mund an. Jo packte und schleppte ihren Koffer in ihr
Auto, das seit ihrer Ankunft unbenutzt auf dem Parkplatz
stand. Als sie eine Minute später mit ihrem Wagen in seine
Einfahrt fuhr, breitete sich ein warmes Gefühl in ihr aus. Es
war, als gehöre sie hierher, und das fühlte sich richtig an.
Wenn Ahrenshoop doch nur nicht so weit von Hamburg und
ihrem Job weg wäre. Auf ihre Wohnung könnte sie vielleicht
sogar verzichten.

Sie hörte Jan und Max bereits, als sie um das Haus herum
in den Garten ging. Jan zog an einem dicken Stück Tau, das
Max im Maul hatte und um keinen Preis hergeben wollte. Er
knurrte sogar ein bisschen, was sich allerdings eher niedlich
als bedrohlich anhörte.

»Sönke hat angerufen. Zum Segeln reicht der Wind leider nicht. Aber er will ein kleines Fest für dich geben. Hast du Lust?« Jan hatte sich auch diesen Tag frei genommen.

»Klar, gerne.«

Um acht Uhr machten sie sich auf den Weg. Sie sagten kein Wort. Nicht jammern, so war es abgemacht. Nur ließ sich Traurigkeit von Abmachungen nicht beeindrucken. Auf dem Steg vor der *Aldebaran* brannten, obwohl es noch hell war, zwei Fackeln.

»Schön, dass ihr da seid«, rief Sönke schon von weitem.

Jo wurde ein paar Freunden vorgestellt, und sie sah Silke wieder.

»Wie hast du den Reitausflug überstanden? War der Muskelkater sehr schlimm?«

»Solange ich mich nicht gerührt habe, ging's. Aber viel wichtiger: Wie geht es Molly? Hat sie mich verkraftet?«

»Ich habe den Eindruck, sie musste schon viel schlimmere Anfänger verkraften. Sie freut sich bestimmt, wenn du sie mal wieder reitest.«

Jo lächelte, ging auf das freundliche Angebot aber nicht ein.

»Sinde hier die viele Loit mit die große Hunger?«, tönte eine Stimme vom Steg.

»Aber absolut, Alfredo!« Jan sprang von Bord und reichte zwei Styropor-Boxen herauf, die der Italiener gebracht hatte. »Feierst du mit uns?«

»Schade, kann ich leider nixe. Musse ich wieder in die Ristorante, soonst reisse meine Frau mir die Kopfe weg.«

»Ja, ja, die Frauen ...«

»Kannsu nixe make. Schone Abend noock.«

Sönke hatte bereits Geschirr und Besteck verteilt und öffnete gerade eine Weinflasche.

»Große Ausnahme«, kommentierte er das selbst. »Wenn wir im Hafen liegen bleiben, dürfen wir auch Alkohol trinken. Wir können schließlich nicht mit Wasser Abschied feiern.«

»Das verbotene Wort«, rief Jan und drohte seinem Kumpel mit dem Finger. »Du hast es gesagt. Noch einmal, und ...« Wieder hob er den Zeigefinger. Seine Gesten waren übertrieben, seine Stimme zu laut. Jo wusste genau, wie es in ihm aussah. Ihr ging es nicht anders.

Sie aßen Spaghetti mit Muscheln, tranken Rotwein, während die Dunkelheit hereinbrach. Sönke zündete ein Windlicht an. Silke verwickelte Jan in ein Gespräch, und auch die anderen unterhielten sich angeregt. Jo nutzte die Gelegenheit, diese einzigartige Atmosphäre noch einmal tief in sich aufzunehmen. Sie lauschte auf das leise Klatschen und Glucksen des Wassers am Rumpf des Schiffes, konzentrierte sich auf den Klang der Grillen und betrachtete lange den Mond, diesen unglaublich kitschigen, unglaublich schönen Darß-Mond, der so gelb leuchtete wie nirgends sonst auf der Welt.

»Die letzten Tage waren ziemlich aufregend für dich, was?« Sönke hatte sich neben sie gesetzt.

»Ja. Hat Jan dir alles erzählt?«

»Nein, meine Tante hat das meiste ausgeplaudert. Jan sagte nur, dass der Mann auf dem Foto am Räucherhaus dein Vater ist.«

»Ja.«

»Warum hast du mir das nicht gesagt?«

»Ich wollte deine ehrliche Meinung über ihn wissen. Du solltest nicht voreingenommen sein.«

»Verstehe.«

Jo zog die Füße an und schlang die Arme um ihre Knie. »Ach, Sönke, es ist so schön. Ich wünschte, ich müsste nicht abfahren.«

»Jetzt hast du das verbotene Wort gesagt«, rief er laut. »Okay, womit wollen wir sie bestrafen?«

Jo ließ in gespielter Verzweiflung den Kopf auf die Knie fallen.

»Ich habe gehört, du kannst ziemlich gut singen.«

Alle kicherten. Jo blickte auf und sah in belustigte Gesichter. Eine Sekunde lang glaubte sie, es hatte sie doch jemand gehört an dem Abend, als sie am Hafen gestanden und gesungen hatte. Dann dämmerte es ihr.

»Moment mal«, sie wandte sich an Jan, »du hast ihnen doch wohl nicht verraten ...?« Sein breites Grinsen sprach Bände. »Doch, hast du. Ich fasse es nicht.« Sie boxte ihn, und er sprang auf, um zu flüchten.

»Hey, das ist eine alte Dame, ja? Die verträgt so einen Radau nicht mehr«, protestierte Sönke und klopfte auf das Holz seiner *Aldebaran*.

Nach und nach verabschiedeten sich die Freunde. Niemand ging, ohne Jo zu versichern, wie willkommen sie jederzeit sei, wie gern man sie näher kennenlernen würde. Mit jedem, der über den Steg in die Dunkelheit verschwand, wurde ihr das Herz schwerer. Die Morgendämmerung malte schon rosa Streifen über den Horizont, als Jan und Jo nach Hause gingen.

150

»Ich will nicht, dass du gehst.« Sie lagen in seinem Bett, die Vögel im Garten sangen bereits aus vollen Kehlen. Jan lag neben ihr, auf seinen Ellenbogen gestützt, und sah sie an.

»Und ich will nicht gehen. Aber ich muss, das wissen wir beide«, erwiderte Jo.

»Du musst gar nichts. Du bist eine erwachsene Frau, du bist frei und kannst tun und lassen, was du willst.«

»So einfach ist das nicht. Außerdem hast du unsere Abmachung gebrochen.« Sie stupste ihn zärtlich.

»Die gilt heute nicht mehr.«

»So?«

»Josefine, es ist mir ernst.« Jan machte eine Pause. »Mit dir ist es mir ernst. Du bist kein netter Flirt, keine Urlauberin, die man mal eben vernascht. Ich liebe dich.«

Ihr schossen die Tränen in die Augen. Es war das erste Mal, dass er das gesagt hatte. Sie schluckte schmerzhaft gegen den dicken Kloß an, der plötzlich ihren Hals ausfüllte.

»Das ist nicht fair«, flüsterte sie.

»Es ist fair, und es ist wahr.«

Sie schniefte laut und vernehmlich und wischte sich mit dem Handrücken über die feuchten Augen.

»Jan, wir müssen vernünftig sein. Es waren wunderschöne zwei Wochen, und ich will dich auf jeden Fall wiedersehen. Aber wir müssen es langsam angehen. Ich besuche dich, du kommst nach Hamburg.« Sie gähnte. Die Aufregung der letzten Tage, der Rotwein, die lange Feier – Jo spürte, wie ihre Augen schwer wurden.

»Deine Eis-am-Strand-Idee kannst du vielleicht an der Elbe verwirklichen. Das müssen wir alles in Ruhe herausfinden.«

»Josefine, du weißt, dass ich hier nicht weg will. Hängst du denn so absolut an deiner Stadt?«

Sie konnte kaum noch die Augen offen halten. »Darum geht es doch gar nicht.«

»Worum dann?«

»Ich finde es ja auch schön hier. Zum Urlaub machen. Aber hier kann man doch nicht leben.«

»Wieso? Ich lebe doch auch hier.«

Ihre Augen klappten endgültig zu. Sie wollte nur ein wenig ausruhen, sie würde schon nicht einschlafen.

»Super«, murmelte sie noch, »als Eisverkäufer und Mädchen für alles!«

Liebe Josefine,

ich habe Dich für weniger oberflächlich gehalten. Schade, dass ich mit meiner Einschätzung absolut daneben lag. Ich mag mein Leben und schäme mich weder für meinen Job als Eisverkäufer noch für den im Hotel. Wie Du weißt, habe ich in Madrid und London gelebt, da würde ich wohl auch eine Zeit in Hamburg überstehen. Aber nicht mit einer Frau, der es nur auf den Status eines Menschen ankommt. Oder auf sein Gehalt?

Gute Heimreise,

Jan

PS: Was bin ich Dir für die Idee, meine Badekarren mit alten Motiven zu bemalen, schuldig?

Jo las seinen Brief nochmals, obwohl sie ihn bereits auswendig herunterbeten konnte. Sie war wie betäubt, seit sie das Papier auf dem Küchentisch entdeckt hatte. Ein ziemlich naiver Teil ihres Gehirns versuchte, den Witz in seiner Nachricht zu entdecken. Vielleicht holte er gerade Brötchen und wollte sie mit seinen Zeilen nur auf den Arm nehmen. Natürlich wusste der vernünftige, logische Teil ihres Gehirns längst, dass es sein bitterer Ernst war. Es war aus und vorbei, bevor es richtig anfangen konnte. Sie ging in den Garten. Max war mit Jan fort. Jo fühlte sich schrecklich einsam und mit einem Mal wie ein Fremdkörper, der nicht hierher gehörte. Wie konnte er ihr das antun? Wie konnte er sie gehen lassen, ohne sich von ihm verabschieden zu können? Und er hatte behauptet, er wolle sie gar nicht gehen lassen! In die dumpfe Traurigkeit mischte sich Wut. Sollte er doch denken, was er wollte. Nein, er sollte auf keinen Fall denken, dass sie oberflächlich war, dass sie sich nur für Geld und Ansehen interessierte. Sie hatte Mist gebaut, hatte ihn verletzt.

Jo, du musst dich bei ihm entschuldigen, dachte sie. So würde sie nicht abreisen. Sie packte ihre wenigen Sachen ein, die noch in seinem Schlafzimmer und in seinem Bad lagen, und lud alles in ihr Auto. Sönke würde wissen, wohin Jan sich zurückgezogen hat. Sie fuhr zum Althäger Hafen und sah Sönke bereits von weitem, wie er klar Schiff machte.

»Hey, das ist eine Überraschung. Ich dachte, du bist schon weg.«

Jo nahm ihre Sonnenbrille ab, so dass er ihre roten verquollenen Augen sehen konnte.

»Was ist denn passiert? Ist der Abschiedsschmerz so groß?«

»Schlimmer!« Sie fasste das ganze Drama für ihn zusammen, ohne zu beschönigen, was sie in der Nacht gesagt hatte. »Ich war eben müde«, verteidigte sie sich. »Ich habe nicht mehr jedes Wort auf die Goldwaage gelegt. Meine Güte, er ist aber auch empfindlich!«

»Aus gutem Grund.«

»Ach ja?«

»Hat er dir nicht von Ines erzählt?«

»Nein.« Jo schwante etwas. Er hatte mal etwas von einer jungen Dame angedeutet, die ihn für naiv gehalten und ausgenutzt hatte.

»Komm an Bord, ich erzähl's dir.« Jo folgte seiner Einladung und saß kurz darauf wieder auf den gestreiften Sitzkissen, auf denen sie sich gestern so wohlgefühlt hatte.

»Ines kam auch aus Hamburg. Sie war Vermögensberaterin und hat hier Urlaub gemacht. Das war es jedenfalls, was sie uns erzählt hat. Stimmte wohl auch, nur dass sie eben meinte, ihre Urlaubskasse ein bisschen aufbessern zu können, wenn sie den blöden Einheimischen irgendwelche Beteiligungen oder Versicherungen andrehte. Jan fand sie von Anfang an süß, aber du kennst ihn ja, er ist nicht gerade ein Draufgänger. Er hat schon ein bisschen mit ihr geflirtet, hat sie auch mal mit nach Hause genommen. Sie wollte wissen, wer sein Vater sei, von dem sie wohl was gehört hatte. Tja, und dann hat Jan den Fehler gemacht, den Namen seines Vaters zu verraten: Ralf Dörner. Da wusste sie, hier ist was zu holen.«

»Oh, nein!«

»Es kam noch viel schlimmer. Jan war gerade aus London zurück und fing mit dem selbstgemachten Eis an. Er hatte die Rezepturen aus England mitgebracht und wollte eine Eisdiele eröffnen. Es gab da in London so ein spezielles Konzept. Keine Ahnung, ich habe das nie so richtig verstanden. Auf jeden Fall war er überzeugt von der Sache, und ich kenne Jan. Wenn der was macht, hat es Hand und Fuß. Blöderweise hat er ihr davon erzählt. Er mochte Ines wirklich gern und hat ihr vertraut. Dank ihrer Beratung war sein Geld, das er für die Eisdiele eingeplant hatte, weg. Er fing wieder bei Null an. Und sie hat ihm auch noch eine Rechnung für ihre Dienstleistung geschickt, als sie wieder in Hamburg war.«

»Davon hat er mir nichts erzählt.«

»Da ist er auch nicht gerade stolz drauf. Mit seinen Eiswagen geht er kein so großes finanzielles Risiko mehr ein. Und wenn du mich fragst, passt das Konzept auch besser zu ihm.«

»Wo kann ich ihn denn bloß finden, Sönke?«

»Das kann ich dir nicht sagen, ganz ehrlich. Ich nehme an, er ist irgendwo im Wald oder am Bodden unterwegs oder auch an der Steilküste. Das ist wie die berühmte Suche nach ...«

»... der Nadel im Heuhaufen, ich verstehe.«

Jo verabschiedete sich von Sönke und schlich bedrückt davon. Warum nur hatte Jan ihr nichts von dieser Ines erzählt? Es war nicht fair, dass sie jetzt ausbaden musste, was eine andere Hamburgerin ihm mal eingebrockt hatte. Sie lief ein Stück die Steilküste entlang und hielt nach einem blonden Mann mit einem fuchsbraunen Hund mit weißen Pfoten und Riesenohren Ausschau. Vergeblich. Dann fuhr sie noch einmal zurück zu seinem Haus, doch auch da war er nicht.

Je länger sie suchte, desto ärgerlicher wurde sie. Sie konnte schließlich nicht ewig auf ihn warten. Er hätte ihr sagen müssen, wie sehr sie ihn verletzt hatte. Sie hatte eine Erklärung verdient, aber er vertraute ihr anscheinend nicht genug.

Jo sah auf die Uhr. Sie war am Abend mit ihrer Mutter zum

Essen verabredet. Wenn sie sich nicht langsam auf den Weg machte, käme sie zu spät. Eine halbe Stunde blieb sie noch in ihrem Auto sitzen, dann fuhr sie kurzentschlossen nach Prerow. Sie ging in die Galerie der grauhaarigen Frau mit dem schrägen Pony. Sofort bemerkte sie, dass das Bild ihres Vaters, der orangefarbene Dünenmond, nicht mehr an seinem Platz hing.

»Guten Tag, kann ich Ihnen helfen?«

»Das Bild, das hier hing. Ich habe mich neulich schon dafür interessiert. Ist es verkauft?«

»Ich erinnere mich an Sie. Nein, es ist nicht verkauft. Noch nicht, nur reserviert.«

»Oh ...« Im Grunde standen auf dem Dachboden ihrer Mutter ohnehin noch genug Werke von Otto Niemann, dem geheimnisvollen Maler, dessen Namen die Galeristin nicht verraten durfte. Trotzdem wollte Jo genau das Gemälde, das sie hier entdeckt hatte.

»Wenn Sie mir eine Telefonnummer da lassen, dann melde ich mich bei Ihnen, falls der Kauf doch nicht zustande kommt.«

»Gute Idee!« Sie zückte eine Visitenkarte. »Mein Name ist Josefine Niemann.« Sie sah der Galeristin fest in die Augen.

Von Prerow fuhr sie noch einmal nach Ahrenshoop bis zu Jans Haus. Noch immer war er nicht zurückgekehrt. Er musste wirklich große Angst haben, sie noch einmal zu sehen. Dann war es eben nicht zu ändern. Ein wenig theatralisch dachte Jo, dass es ihm gewiss leid täte, wenn sie nun auf der Rückfahrt einen schweren Unfall hätte und sie sich nicht voneinander verabschiedet hatten. Ein schrecklich nüchterner Teil in ihr wusste, dass er es nicht einmal erfahren würde. Jo startete den Motor.

Solange sie sich noch auf der Halbinsel befand, waren ihre Augen mehr auf die Passanten gerichtet als auf die Straße. Sie hoffte so sehr, ihn zwischen den vielen Menschen, die am Wochenende unterwegs waren, zu entdecken. Die hübschen Rohrdachhäuser, die sie bei der Anreise so begeistert hatten, nahm sie nicht einmal wahr.

Sie ließ den Darß, ließ Fischland hinter sich und lenkte ihren Wagen irgendwann auf die Autobahn. Wie grau die Welt hier aussah! Kein Wunder, dass kein Maler seine Staffelei an einer Autobahn oder Schnellstraße aufbaute. Jo fiel auf, wie hässlich der Asphalt war, der in der Sonne flimmerte, wie unangenehm die Blechlawine, die sich in beide Richtungen Stoßstange an Stoßstange vorwärts wälzte. Ihr war heiß. Sie wollte nicht die künstliche Kälte der Klimaanlage, sie wollte die frische Luft der Ostsee. Jo ließ das Fenster heruntergleiten. Herein kam der Gestank von Abgasen und der Lärm der Motoren. Sie drückte wieder auf den Knopf, bis das Fenster sich lautlos schloss.

Sönke war ein wirklich netter Kerl und ein guter Freund. Jo fielen auch die anderen ein, die sie in den letzten beiden Wochen kennenlernen durfte. Jette und Anton, Silke und Sarah. Sarahs Worte kamen ihr in den Sinn, dass auf dem Darß die liebenswertesten Menschen überhaupt lebten. Das glaubte Jo gern. Gab es einen besseren Ort, um zu leben, um womöglich mal eine eigene Familie zu gründen und Kinder großzuziehen?

Die Silhouette Hamburgs tauchte in der flirrenden Luft auf wie eine Fata Morgana: Schornsteine, aus denen ungesunder Qualm aufstieg. Noch nie waren Jo die Häuser so bedrohlich erschienen. Wie heimtückische Pressen standen sie am Straßenrand, die sich schließen und sie zerquetschen konnten, wenn Jo zwischen ihnen hindurch fuhr. Sie hörte das Meer und den Wind nicht. Sie hörte überhaupt nichts, was ihr vertraut war. Da war nur Hupen, das Rumpeln einer vorüberfahrenden S-Bahn, Musik aus einem Cabriolet und das hohle Dröhnen eines Flugzeugs, das in Fuhlsbüttel landen würde.

Wie ferngesteuert bog Jo in die Einfahrt zu ihrer Tiefgarage ein. Ein beklemmendes Gefühl breitete sich in ihr aus. Es war, als gehöre sie nicht mehr hierher, und das fühlte sich furchtbar an. Sie stand auf dem Parkplatz, der zu ihrer Wohnung gehörte. Das Rolltor, das sich hinter ihr in Bewegung gesetzt hatte, fiel jetzt scheppernd ins Schloss. Die Stille in der dunklen Garage war gespenstisch.

»Ich liebe dich«, hatte er gesagt. Sie war ihm die Antwort darauf noch schuldig. Jo wusste mit einem Mal ganz genau, was sie zu tun hatte. Am Sonntag kam ihr Halbbruder von seinem Kongress zurück. Sie wollte keinen Tag länger warten, ihm endlich gegenüberzutreten. Und am Montag würde sie sich im Tourismusbüro um die halbe Stelle bewerben.

Jo startete den Motor und drückte den Knopf auf der Fernbedienung, die das Rolltor in Betrieb setzte. Dann wählte sie die Telefonnummer ihrer Mutter. Sie konnten ja auch noch ein anderes Mal essen gehen.